श्री 420

संजय पाहूजा

This book has been published with all efforts taken to make the material error-free after the consent of the author. However, the author and the publisher do not assume and hereby disclaim any liability to any party for any loss, damage, or disruption caused by errors or omissions, whether such errors or omissions result from negligence, accident, or any other cause.

While every effort has been made to avoid any mistake or omission, this publication is being sold on the condition and understanding that neither the author nor the publishers or printers would be liable in any manner to any person by reason of any mistake or omission in this publication or for any action taken or omitted to be taken or advice rendered or accepted on the basis of this work. For any defect in printing or binding the publishers will be liable only to replace the defective copy by another copy of this work then available.

क्रम-सूची

श्री 420

लेखक : श्री संजय पाहूजा

मूल लेखक
संजय पाहूजा
डी -2 मुखराम गार्डन
तिलक नगर
नई दिल्ली 110018

काव्य अपराजिता

काव्य अपराजिता हिन्दी कविता के संकलन एवं प्रकाशन का एक लघु प्रयास है । देश के कोने कोने से विभिन्न साहित्यकारों की किस्से, कहानियाँ और कविताओं का ई-संकलन कर पुस्तक रूप में प्रकाशित करना एवं पाठकों तक पहुँचाना हमारा प्रथम उद्देश्य है। कवयित्री स्व० सीमा वर्मा 'अपराजिता' की स्मृति में 18 मार्च 2018 को इस पटल की स्थापना की गई।

वैबसाइट URL: http://kavyaaprajita.in/
ईमेल-info@kavyaaprajita.in

“मेरा यह नाटक मेरे उन सभी मित्रों के नाम है जिन्होंने मेरे साथ तमाशा शैली में नाटक किये । और जिन्होंने मेरे निर्देशित किये हुए नाटकों में अभिनय किया । या हर वो मित्र जो भी उस नाटको के दौर में हमारे साथी थे । सभी मित्रों के नाम राजेश शांडिल्य, कैलाश शर्मा, संयोगिता, ममता, विजय शर्मा, संगीता कोहली, ललिता कोहली, सीमा बरेजा, सुनीता बरेजा, ऊषा नागर, गुलशन जटवानी, मनोज गर्ग, शेखर, संजय मेहता, नरेश एरन, अनिल शर्मा, राकेश गुप्ता, ईश्वर, संजय महेन्द्रू, संजय अरोड़ा, महेंदर नरूला, जितेंदर जैयसवाल, संजीव कपूर, एवंम अमन गुप्ता के नाम ।“ -*संजय पाहूजा*

भूमिका

तमाशा महाराष्ट्र का एक प्रतिनिधि पारंपरिक लोकनाटक हैं सशक्त एवं बेलगाम संवाद नृत्य संगीत का सुंदर सामंजस्य इसमें मिलता है I लावणी संगीत एवं कलात्मक विद्या की विशेषता इसमें होती है I 'तमाशा' शब्द का अर्थ है- "मनोरंजन"। कुछ शोधकर्ताओं का मानना है कि संस्कृत के नाटक रूपों- प्रहसन और भान से इसकी उत्पत्ति हुई है। इस लोक कला के माध्यम से राजा महाराजाओं की पौराणिक कथाओं को सुनाया जाता है। इसमें ढोलकी, ड्रम, तुनतुनी, मंजीरा, डफ, हलगी, कड़े, हारमोनियम और घुँघरुओं का प्रयोग किया जाता है।

प्रत्येक तमाशा में तीन पारंपरिक लक्षण व शर्तें परिलक्षित होते हैं I जिसके मध्य मुख्य कार्य व्यापार चलता है I पहली परम्परा "गण" अर्थात प्रस्तुति के प्रारम्भ में भगवान गणेश की वंदना की जाती है। इसके बाद भगवान और उनके मित्र "पैंद्या" तथा गवालिनो के मध्य छेड़छाड़ का प्रसंग आता है I भगवान कृष्ण, पैंद्या तथा गवालिनो के कथोपकथन मे सामाजिक घटनाओं तथा प्रसिद्ध व्यक्तियों पर टिप्पणी की जाती है हास्य व्यंग की चुटकियां सुमधुर संगीत एवम रंग भरे नृत्य इस प्रसंग की विशेषताएं हैं I

तीसरे चरण में नाटक की मुख्य कथा आरंभ होती है I यह कथा यद्यपि राजा रानी की लोक कथा पर आधारित होती है किंतु सामयिक, सामाजिक, राजनैतिक एवं व्यवस्था संबंधी समस्याओं पर व्यंग करती चलती है जिसका संबंध आम दर्शक की रोजमर्रा की जिंदगी से होता है और इस प्रकार दर्शक नाटक से अधिक जुड़ा अनुभव करता है I

अप्रतिम सामूहिक भावना, अद्भुत विभिन्नता, हाज़िर ज़वाबी और हाज़िर दिमागी और खासकर द्विअर्थी संवाद यह सारी विशेषताएं प्रदर्शन की कलात्मक उपलब्धि में सहायक होती हैं I

इस लोक कला में यमन, भैरवी और पीलू हिन्दुस्तानी राग मुख्य रूप से प्रयोग किए जाते हैं। इसके अतिरिक्त अन्य लोक गीतों का भी प्रयोग किया जाता है। इसके अंत में सदैव बुराई पर अच्छाई और असत्य

पर सत्य की विजय का संदेश दिया जाता है।

प्रस्तावना

यह नाटक उस दौर में लिखा गया जब मैं नाटक की पढ़ाई श्रीराम सेंटर फॉर आर्ट एंड कल्चर से कर के लगातार बल्लबगढ़, फरीदाबाद और दिल्ली में नाटक कर रहा था। हास्य नाटकों की कमी हमेशा खलती थी। तमाशा शैली में लिखे गए नाटक खासकर "सैंया भये कोतवाल" और "गधे की बारात" जैसे नाटक हमारा ग्रुप आकृति रंग मंच मंचित कर चुका था। उसके बाद भी और बहुत से नाटक किये लेकिन तमाशा का जनून उतरते नहीं उतरता था। फिर सोचा के क्यों ना एक ऐसा नाटक लिखा जाए जिसमें हर दूसरे वाक्य में कुछ न कुछ हँसी मज़ाक हो। बात उन दिनों की है जब सीरियल "कुदरत नामा" शूटिंग पूरी होने के कगार पर था I एडिटिंग शुरू नहीं हुई थी। खाली वक्त में ऑफिस में बैठे हुए "श्री 420" नाटक मैंने पूरा किया और कला रंग मंच फरीदाबाद के साथ रिहर्सल भी शुरू हो गयी। महिला कलाकार मुश्किल से मिलते थे इसलिए महिला पात्र भी नाटक में कम रखे और जो थे उनके संवाद और सीन कम लिखे कि अगर वो रोज़ रोज़ ना भी रिहर्सल में आ सके तो नाटक की रिहर्सल जारी रह सके। नाटक का अंतिम अंक रिहर्सल शुरू होने के बाद लिखा गया।

इस नाटक के साथ एक खास बात यह भी हुई कि नाटक की समीक्षा के दौरान अखबारों में यह बात भी निकल कर आई के किसी भी उत्तर भारतीय लेखक दवारा तमाशा शैली में लिखा गया अब तक का पहला नाटक है, और कमाल की बात यह की तकरीबन 20 बरस बाद भी यह रिकार्ड कायम है I तमाशा शैली में जितने भी नाटक लिखे गए वो सभी मराठी लेखको के द्वारा ही लिखे गए है। उन सभी लेखको को सादर प्रणाम।वसंत सबनीस जी का लिखा "'विच्छा माझी पुरी करा" जिसका अनुवाद "सैंया भये कोतवाल" नाम से हुआ," गधवाचे लग्ना" यानी गधे की बारात–हरि भाऊ वाडगाओंकर जी का लिखा हुआ अनुवाद राजेंदर मेहरा और रमेश राजहंस तथा एक और तमाशा शैली में लिखा नाटक "मी लाडाची मैना तुमची " यानी मैं लाडली मैना तेरी" मराठी के लेखक

द. मा. मिरासदार जी द्वारा लिखा गया है जिसका ऊषा बनर्जी जी ने बेहतरीन अनुवाद किया ।

"श्री 420" नाटक आप सब के सामने एक पुस्तक के रूप में हाज़िर है । इसे पुस्तक रूप में आने में तकरीबन 22 बरस का समय लगा । लिहाज़ा इतने वर्षो बाद वह पुराने फोटो ग्राफ उपलब्ध नहीं हो सके । इसी वजह से एक और तमाशा नाटक के चित्र आपके सामने है जो कैलाश शर्मा जी ने उपलब्ध कराये ।

-संजय पाहूजा

1

प्रथम

[गणपति वंदना के बाद कृष्ण का मंच पर प्रवेश]

कृष्ण : (नैपथ्य से पुकारता हुआ) पैंद्या रे अरे ओ पैंद्याsssss (मंच पर आकर दर्शको से)

सुबह से ढूंढ रहा हूँ एक बार सब्जी मंडी में मिला था । बस, तब से ना जाने कहाँ

मर गया ? (ऊपर के विंग्स की तरफ जा कर बोलता है और वापिस आता है)

पैंद्या रे हे रे हे ssssss

पैंद्या : (प्रवेश) आया रे हे हे हे हे sss

कृष्ण : अबे यह लेंस लेकर सब्जी मंडी में क्या कर रहा था ?

पैंद्या : अपने इस नाटक के लिए मंडी हाउस से कलाकार लेने गया था।

कृष्ण : वह भी लेंस लेकर और ...

पैंद्या : और पहुँच गया सब्जी मंडी, सोचा आया हूँ तो कुछ ले ही लूँ ।

कृष्ण : क्या बैंगन ?

पैंद्या : नहीं यार, मैं लेंस लगाकर एक दुकान पर गया और बोला, भैया इस गुच्छे में से

दो तरबूज दे दो। वह दुकानदार काफी देर तक हँसता रहा फिर बोला यह तरबूज

नहीं अंगूर का गुच्छा है।

कृष्ण : (हंसता है)।

पैंद्या : रावण की तरह क्या हँस रहा है ? तू कृष्ण हे कृष्ण !

कृष्ण : (अपनी हँसी बदलता है)।

पैंद्या : अब इसमें हँसने की क्या बात है ?

कृष्ण : लेकिन तुम्हारे कलाकारों का क्या हुआ ?

पैंद्या : वो सब बालाजी के सास बहू सीरियल में चले गए।

कृष्ण : तो फिर हमारे ट्रेडिशनल बिजनेस का क्या होगा ?

पैंद्या : कौन सा बिजनेस ? गोपियां पटाने का ?

कृष्ण : अबे नहीं एम.सी.ए.।

पैंद्या : एम.सी.ए क्या ? मास्टर ऑफ कंप्यूटर एप्लीकेशन ?

कृष्ण : अबे नहीं पैंद्या, एम.सी.ए का मतलब है "मक्खन चोर एसोसिएशन"।

पैंद्या : यार जब से अमूल वाले मक्खन बनाने लगे हैं मुझे मथुरा की गोपियों का मक्खन अच्छा नहीं लगता।

कृष्ण : अच्छा नहीं लगता क्यूँ ?

पैंद्या : अमूल कंप्यूटराइज्ड मक्खन है। रिश्ते में सबके बाप लगते हैं। नाम है अमूल।

कृष्ण : ये कंप्यूटराइज्ड क्या होता है ?

पैंद्या : वह सब तेरी समझ के बाहर है।

कृष्ण : क्यों ?

पैंद्या : तेरा आई.आई.टी में सिलेक्शन नहीं हुआ ना !

कृष्ण : (घड़ी देखकर स्कूल के बच्चों की तरह जैसे धूप घड़ी में समय देख रहा है) टाइम तो हो गया पर गोपियां अभी तक नहीं आई!

पैंद्या : अबे हिंदुस्तानी टाइम के हिसाब से आएंगी।

कृष्ण : नहीं यार रोज तो दस बजकर 12 मिनट 15 सेकंड पर आ जाती थीं।

पैंद्या : इनका टाइम देखना देखा, जैसे दिल्ली रेडियो स्टेशन, तुम्हें तो विविध भारती

पर होना चाहिए।

कृष्ण : एफ.एम के जमाने में विविध भारती का राग गा रहा है।

पैंद्या : अबे तू नहीं जानता विविध भारती वो है जहाँ झुमरी तलैया से बहुत फरमाइशें आती है।

कृष्ण : आती होंगी मुझे तो आने वाली गोपियों का इंतजार है।

पैंद्या : अबे तू और इंतजार !

कृष्ण : क्यों तू कॉलेज के बाहर गीता का इंतजार करता है या नहीं और वह केले वाली जिसे देख कर तू सीटी बजाता है, और वह कैबरे में डांस वाली टीना ....

पैंद्या : अच्छा मेरी सीटी से तुझे जलन होती है और जब तू बांसुरी बजाता है ?

कृष्ण : बांसुरी तो मैं इसलिए बजाता हूँ कि कोई प्रोड्यूसर सुनकर मुझे फिल्म में म्यूजिक डायरेक्टर बना दे ।

पैंद्या : जब तक फिल्मों में जतिन ललित, सलीम सुलेमान, शंकर एहसान लॉय हैं, तुम्हारा कोई चांस नहीं ।

कृष्ण : क्यों ?

पैंद्या : तुम्हें भी जोड़ी बनानी पड़ेगी जैसे कृष्णकांत पैंद्या लाल, कृष्ण जी पैंद्या जी आदि जी वादी जी। यू जी हम जी।

कृष्ण : क्यों बप्पी लहरी जैसे अकेले लोग भी तो हैं ।

पैंद्या : तो तू भी दिया कर डर्टी म्यूजिक उह लाला उह लाला

कृष्ण : अच्छा यह बात है तो यह लो फिर रेडी 1 2 3 4

गाना

मैया मोरी मैं नहीं माखन खायो क्लासिकल इंग्लिश की तरह गाता है

पैंद्या : मुझे पक्का यकीन है अगर तेरा यही हाल रहा तो एक ना एक दिन तेरा वीडियो एमटीवी पर जरूर रिलीज होगा ।

कृष्ण : छोड़ो यार मैं तो यह सब गोपियों को इंप्रेस करने के लिए करता हूँ ।

पैंद्या : हाँ अब आया ना लाइन पर तभी 108 तेरे चक्कर में आ गई और मेरी सीटी से कोई नहीं आई कल जूते जरूर पड़े थे।

कृष्ण : अबे सीटी बजाने के भी तरीके होते हैं।

पैंद्या : कैसे ?

कृष्ण : **(चार पांच तरीके से सीटी बजा कर दिखाता है जैसे कि बच्चे को सू सू करा रहा हो ।)**सीटी नंबर 1

पैंद्या : बस कर कहीं पीछे बैठे बच्चे की निकल ही ना जाए ।

कृष्ण : तो यह लो सीटी नंबर दो कंडक्टर रेफरी के स्टाइल से, और यह नंबर 3 रोमियो स्टाइल सड़क छाप मजनू और यह लास्ट नोट लिस्ट जैसे टायर में से हवा निकल गई हो फूस स्स्स्स्स्स्सीईईईईई ।

पैंद्या : तुमने यह सब कहाँ से सीखा ?

कृष्ण : कॉलेज में 6 साल वैसे ही फेल हुआ ? फिल्मों में शक्ति कपूर से ।

पैंद्या : ओह !

कृष्ण : अगर तुम सीटी नंबर तीन बजाते तो तुम्हारा काम तमाम हो जाता ।

पैंद्या : क्या ?

कृष्ण : मेरा मतलब तुम्हारा तमाम काम हो जाता **(ग्वालनो के आने की आवाज आ रही है)**

पैंद्या : अबे जल्दी कर जल्दी ग्वालनें आ रही है, घुंघरू की छम छम सुनाई दे रही है । चल अंदर चल कर छुप जाए ।

ग्वालन नंबर 1 : आओ री आओ चलो मथुरा के बाजार ।

ग्वालन नंबर 2 : चलो मैं तो तैयार हूँ ।

ग्वालन नंबर 3 : मैं नहीं जाऊंगी ।

ग्वालन नंबर 4 : क्यों तेरे पास बस टिकट के पैसे नहीं है ?

ग्वालन नंबर 2 : चल आज डब्लू टी ही सही, विदाउट टिकट ।

ग्वालन नंबर 3 : नहीं वो बात नहीं, मुझे डर लगता है उस कृष्ण कन्हैया से ।

ग्वालन नंबर 1 : क्यूँ डरने की क्या बात है ? वह तो बड़ा स्मार्ट है !

ग्वालन नंबर 3 : जब रास्ता रोककर तुम्हारा दूध चुरा लेगा तब पता चलेगा ।

ग्वालन नंबर 1: दूध चुराए तेरा, मेरे पास तो दही है ।

ग्वालन नंबर 2 : अब जो भी है ठीक है। लेकिन कोई रास्ता सोचो।

ग्वालन नंबर 4 : सोचना क्या ? अपनी सिक्योरिटी गार्ड मौसी को बुलाओ ।

सभी ग्वालन : मौसी अरी हो मौसीsss

मौसी : (मौसी प्रवेश करते हुए एक मर्द औरतो के कपडे पहने है)हाय हाय क्या है ? क्योंचिल्ला रही हो ?

ग्वालन 1234 : देर क्यों कर दी मौसी ?

मौसी : हाय हाय अभी तो मैं जल्दी आ गई, मेरा हस्बैंड कपड़े धोने में मेरी मदद कर रहा था ।

ग्वालने : (हँसकर) क्या ? तुम्हारा मियां तुम्हारी मदद करता है ?

मौसी : हाय हाय हँसना क्या ? मैं जो उसकी मदद करती हूँ बर्तन मांजने में ।

ग्वालन नंबर 1 : चलो मौसी बाजार चल रही हो ना ।

मौसी : लेकिन सब लोग आ गए ना ।

ग्वालन नंबर 2 : ऐश्वर्या नहीं आई जब से उसकी लड़की हुई है वह मेटरनिटी लीव पर है ।

ग्वालन नंबर 3 : और करिश्मा ने तो शादी के बाद दूध दही बेचना ही छोड़ दिया ।

ग्वालन नंबर 4 : छोड़ो भी मौसी जल्दी करो देर हो रही है ।

मौसी : (पास जाकर) हाय री छोरी जल्दी का काम शैतान का ।

(कृष्ण और पैंद्या आकर रास्ता रोकते है)

कृष्ण : साइलेंस, लाइट्स, कैमरा ..

पैंद्या : सीन वन टेक टू । एक्शन

मौसी : रुको री छोरियों ।

ग्वालन : काहे ?

मौसी : देखती नहीं गुंडा हमारी एडल्ट फिल्म बना रहा है ।

पैंद्या : ए हम गुंडे नहीं कृष्ण और पेन दिया है ।

मौसी : यह कृष्ण तो ठीक मगर यह पेन दिया क्या नाम हुआ ?

कृष्ण : मैं बताता हूँ एक बार इसको किसी ने पोस्ट ऑफिस में एक पेन दिया और इसने उसे वापस नहीं किया तब से इसका नाम पड़ा पेन दिया ।

मौसी : हाय अपना पेन घर छोड़ के गया था क्या ?

कृष्ण : ए दूर से बात कर दूर से (**उछल कर ग्वालनों के पास पहुँच जाता है**) हाँ तो हमारे गांव की छैल छबीलीयों पहले आक्ट्राय भरो फिर आगे बढ़ो ।

मौसी, ग्वालन : आज हम स्ट्राइक पर हैं आज रिश्वत नहीं देंगी ।

पैंद्या : ए रिश्वत नहीं चंदा बोल । ज्यादा गड़बड़ नहीं,जल्दी निकालो वरना गोली मार दूंगा ।

मौसी : मार दे गोली पेन दिया मार दे गोली ।

कृष्ण : कितनी गोली हैं इसका अंदर ?

पैंद्या : दो सरकार ।

कृष्ण : दो गोली और आदमी (**रुककर**) सॉरी सॉरी आदमी नहीं औरतें, दो गोली और औरतें?

मौसी : हाय दो ही गोली हैं ना, दोनों निकाल लूंगी बंदूक में से ।

पैंद्या : (**घबराकर कृष्ण की तरफ भागता है**) आहsss कृष्णा, कृष्णा, कृष्णा !

कृष्ण : ए तुम हमारा टैक्स दो और रास्ता नापो ।

मौसी : क्या नापो ? दूध तो हम रोज ही नापती है ।

पैंद्या : तुम टैक्स दोगी या नहीं ?

मौसी : नहीं देंगे तो क्या कर लोगे ।

पैंद्या,कृष्णा : क्या कर लेंगे क्या ? हम तुम्हारा रास्ता रोक लेंगे ।

मौसी : हाय हाय रास्ता तो रामदेव की अनशन में पुलिस ने रोका था मेरा । सलवार पहन कर भागना पड़ा बाबा को ।

कृष्ण : कुछ भी हो हम तुम्हें जाने नहीं देंगे ।

मौसी : परे हट मेरी छोरियां तुझे कच्चा खा जाएगी ।

कृष्ण : नॉनवेज हैं क्या ?

पैंद्या : तुमने इनका इंट्रोडक्शन नहीं करवाया मौसी ।

मौसी : ए तू मेरा ही ले लेना इंट्रोडक्शन, काफी है ।

कृष्ण : तुझे पता भी है इंट्रोडक्शन होता क्या है ?

मौसी : परिचय ।

कृष्ण : तो दे ना ।

मौसी : हाय तो ले ना। ये है प्रियंका, ये बेबो, वह लोलो और वो पीछे बेब्स।

पैंद्या : और मेरे सपनों की रानी डिंपल आई नहीं होगी।

कृष्ण : अच्छा अच्छा, तुम जबसे फिल्मों में गई हो, फ़िल्में पिटने लगी है।

मौसी : अरे ये वो नहीं है, ये ग्वालनें है।

पैंद्या : क्या ग्वारनें है?

मौसी : हाय हाय कर दिया ना गुड़ गोबर यह ग्वारने नहीं ग्वालनें हैं।

कृष्ण : ग्वालनें हैं तो बताओ क्या ले जा रही हो बेचने?

ग्वालन नंबर 1 : दही।

पैंद्या : और तेरे पास?

ग्वाला नंबर 3 : अमूल बटर।

कृष्ण : और तू?

ग्वालन 2 : दूध।

पैंद्या : (शरमाते हुए) आप क्या ले जा रही हो मोहतरमा?

ग्वालन नंबर 4 : पनीर।

कृष्णा : और तेरे पास क्या है मौसी?

मौसी : सप्रेटा।

कृष्ण : लेकर तो तुम कुछ भी जाओ चाहे सप्रेटा या खालिस घी। पर टैक्स तो तुम्हें देना ही पड़ेगा। मैं अपने सिद्धांतो पर अटल हूँ।

पैंद्या : मैं अडवाणी हूँ।

मौसी : तो मैं क्या मायावती हूँ?

पैंद्या : कोई नाच गाना दिखाओ तो बजट के बाद रिबेट भी दे देंगे।

ग्वालन नंबर 1 : लेकिन हमें तो फुल्ली ऐक्सेम्पशन चाहिए।

ग्वालन नंबर 2 : वो भी 80 G की डिडक्शन के साथ।

कृष्ण : लेकिन पहले नाच गाना तो दिखाओ।

मौसी : **(ग्वालानो से)** क्यों क्या इरादा है?

ग्वालन नंबर 3 : मौसी कल हम तुम्हारे लड़के की शादी में नाची थीं
।

ग्वालन नंबर 2 : अब हम थक गई है।

कृष्ण : अब कुछ ना कुछ तो तुम्हें दिखाना ही पड़ेगा ।

पैंद्या : चलो कान्हा म्यूजिक शुरु करो।

गाना

मत छेड़ कान्हा
अभी तू ये बांसुरी की धुन
जी जी रे जीजी रे जीजी
नाचने को करे धीरे धीरे
तन ये मेरा मन जीजी रे ....
मोये देर भई अब तो सवारियां
मोये जाने भी दे
कहीं आ ना जाए
यहाँ पे बरसात रे
मोये जाने भी दे ,
मत छेड़ कान्हा .....

(नाच गाने में कृष्ण और पैंद्या ग्वालन और मौसी को छेड़ रहे है)

कृष्ण : वाह वाह, वाह वाह क्या नाचती हो? क्या गाती हो ?

पैंद्या : अगर तुम हमारे साथ मिल जाओ तो हम तुम मिलकर एक कंसट्रकटिव काम कर सकते हैं ।

मौसी : हाय रे कैसा काम ?

कृष्ण : मौसी हम और तुम मिलकर एक फिल्म प्रोडक्शन कंपनी खोलेंगे और टीवी सीरियल बनाएंगे ।

पैंद्या : और उसका नाम होगा डी.डी.पी. ।

ग्वालन नंबर 3 : डी.डी.टी. क्या ?

कृष्ण : डी.डी.टी नहीं री । डी.डी.पी.।

पैंद्या : दिल्ली दूरदर्शन प्रेजेंट्स ।

मौसी : हट मुए डी.डी.पी का मतलब होगा दूध दही प्रोडक्शन ।

ग्वाल नंबर 1: इस फिल्म के चक्कर में हमारी बस निकल गई ।

ग्वाल नंबर 2 : निकल नहीं चली गयी ।

ग्वालनं 3 : हाँ हाँ...वही वही ।

मौसी : ये देर इस मरमुये मुंडी काटे की वजह से हुई है । चल रे अब हमें छोड़ के आ ।

कृष्ण : हाँ हाँ चलो मैं तैयार हूँ ।

मौसी : लेकिन तुम्हारा वाहन कहा है ?

कृष्ण : कैसा वाहन ?

मौसी : हाय हाय तेरे पास कोई स्विफ्ट मर्सिडीज़ बलेरो शलेरो अटरम पटरम नहीं है ! जो हमें छोड़कर आए ।

कृष्ण : नहीं ।

मौसी : फिर तुमनें कहा कैसे मैं छोड़ आऊंगा, यानी सी ऑफ ?

कृष्ण : मेरा मतलब था मैं तुम्हें पैदल छोड़ आऊंगा। यानी सी ऑफ ।

मौसी : अबे सी आफ के बच्चे, चल हमें टैक्सी स्टैंड का रास्ता तो दिखा दे ।

कृष्ण : (पैंद्या से) अच्छा मैं जरा मौसी को एक बढ़िया सी टैक्सी दिला दूँ ।

मौसी : जब तक तू पीछे से संभाल लेना ।

पैंद्या : तुम जाओ मैं पीछे से तो क्या सामने से भी संभाल लूंगा । किसी से डरता हूँ क्या ?

(पैंद्या को छोड़कर सभी मंच से बाहर चले जाते हैं पैंद्या दर्शकों से मंच के अगले हिस्से में आकर बहुत ही दोस्ताना अंदाज़ में बात करता है)

हाँ तो दिल्ली के दिल वालों, हापुड़ के हपुडियों, बल्लभगढ़ के बल्लभगढ़ीयों, लखनऊ के लखनविओं, आगरा के आगरियों, वागरा के वागिरियों। अभी आपने गण और ग्वालन का नाच देखा। हमारे देश में टाटा और बाटा दोनों ने खूब बिजनेस किया। एक ने जूते बनाएं तो दूसरे ने नेनो। अगर यह दोनों भाई होते तो शायद एक जूते बनाता और दूसरा जुराब। तो यह तो हुई पुरानी जनरल नालेज, अब आपको लिए चलते हैं मॉडर्न नालेज में वो भी तमाशे के साथ। यानी फिर से पेश है महाराष्ट्र का तमाशा ।

अंधकार।

2

[महाराज मंच के बाईं तरफ से मिलिट्री बैंड की धुन पर परेड करते हु आते हैं और अपनी कुर्सी पर बैठ जाते हैं, दीवान जी उन्हें आकर झुक कर सलाम करते हैं]

महाराज : दीवान जी ! मैंने सब को डिनर पर बुलाया था, कोई आया क्यों नहीं ?

दीवान : अब आपके साथ बचा ही कौन है ? कोई कॉमनवेल्थ घोटाले में बंद है तो कोई

2G में तो कोई 3G में।

महाराज : (मुँह पर उंगली रखकर) शssss दीवान जी मुझे आपसे कुछ जरूरी बात करनी है।

दीवान : तो चलो कोने में ।

महाराज : अबे क्या ?

दीवान : नया पायजामा सिलवाना है क्या ?

महाराज : शट अप मुझे कुछ घरेलू बातें करनी है।

दीवान : तो करो ना, राशन की चीनी खत्म हो गई है क्या ?

महाराज : नॉनसेंस, राजकुमार शेर सिंह अब सियाने हो गए हैं। हमें उनके ब्याह की चिंता खाए जा रही है।

दीवान : आपने कभी राजकुमार, आई मीन प्रिंस शेर सिंह से इस बारे में बात की है ?

महाराज : लेकिन उसे कभी शिकार से फुर्सत मिले तभी ना, सारा दिन जंगल बस कुछ नहीं।

दीवान : लेकिन वह शिकार खेलने जंगल नहीं गार्डन में जाते हैं।

महाराज : गार्डन में क्या बतख और चिड़िया का शिकार करता है वो ?

दीवान : चिड़िया ही समझिये।

महाराज : समझाइए।

दीवान : लोधी गार्डन, बुद्धा गार्डन, और चंपावती का गार्डन।

महाराज : क्या ?

दीवान : जी महाराज पूरे बीए.एम.ए. हैं। हमारे राजकुमार।

महाराज : बी.ए. एम.ए. कब किया उसने ? उसकी तो दसवीं की कंपार्टमेंट भी पिछले 5 सालों से क्लियर नहीं हुई।

दीवान : पांच साल से तो मैं पर्चियां दे रहा हूँ।

महाराज : क्या मतलब ?

दीवान : महाराज बी.ए. मतलब बदनाम आशिक ऍम.ए. मतलब महाआशिक ।

महाराज : तो यह डिग्री ली है उसने ?

दीवान : जैसा बाप वैसा बेटा। फिर आप भी तो पूरे पी.एच.डी हैं।

महाराज : क्या ? पी.एच.डी मतलब ?

दीवान : पी.एच.डी. मतलब - पिटा हुआ दीवाना।

महाराज : व्हाट ? दीवान जी, यह डिग्री हमसे ज्यादा तुम पर फबती है।

दीवान : मेरा मतलब है महाराज कि शिकार की कला भी उन्होंने आप ही से सीखी है।

महाराज : (गुस्से में) ठीक है ठीक है। राजकुमार को हमारे सामने पेश किया जाए।

दीवान : वह कोई गाजर का हलवा तो है नहीं कि प्लेट में रखा और पेश कर दिया।

महाराज : दीवान जी, तुरंत किसी को भेजकर प्रिंस को बुलवा लीजिए।

दीवान : ठीक है मैं खुद जाकर इंग्लैंड से ले आता हूँ।

महाराज : अरे दीवान जी, हम प्रिंस विलियम की बात नहीं कर रहे उसे तो हनीमून मनाने दो।

दीवान : तो फिर ?

महाराज : मैं प्रिंस, जानी राजकुमार की बात कर रहा हूँ।

दीवान : क्या हो गया महाराज आपकी जनरल नॉलेज को ? उन्हें तो मरे हुए भी एक जमाना हो गया। वह तो स्वर्ग में मीना कुमारी के साथ पाक़ीज़ा पार्ट-2 बना रहे होंगे ।

महाराज : बेवकूफ।

दीवान : महाराज।

महाराज : पागल।

दीवान : महाराज।

महाराज : नालायक।

दीवान : महाराज।

महाराज : शट अप।

दीवान : यू शट अप।

महाराज : क्या ?

दीवान : आप मुझे ऐसा कहो ना, वरना पता नहीं चलता आप मुझे कह रहे हैं या आगे बैठे इन अंकल आंटी से।

महाराज : (दीवान से) यू शट अप।

दीवान : तो ऐसा बोलिए ना।

महाराज : कितना प्यारा प्यारा मक्खन जैसा बेटा है मेरा। जी करता है अब तो उसे राजपाट सौपकर सन्यास ले लूँ ।

दीवान : (महाराज के चरणों में दंडवत लेट जाता है) जय हो महाराज, जय श्री राम।

महाराज : (आशीर्वाद देते हुए) मंदिर यही बनेगा।

दीवान : लेकिन महाराज, बाबा रामदेव मत बनना वरना मुझे रोज आस्था पर कपाल भारती देखना पड़ेगा।

महाराज : तो इसमें बुरा क्या है ?

दीवान : छोड़िए महाराज। साधु सन्यासी वैसे ही योगा और अनुलोम विलोम कर के आपके सिंहासन पर नजरें गड़ाए बैठे हैं।

महाराज : क्या मतलब ?

दीवान : **(उठ कर अपने हाथ झाड़ता है)** मतलब जी, के कब आप का सत्यानाश हो ...

महाराज : **(गुस्से में)** दीवान ?

दीवान : महाराज यानी कि कब आपका राम नाम सत्य हो और वह इस सिंहासन पर बैठे। **(दीवान मूक अभिनय करता हुआ एक अर्थी उठाकर चलता है और पीछे से महाराज अपनी ही अर्थी उठा कर चलते हैं)** राम नाम।

महाराज : सत्य हो।

दीवान : **(अर्ध गोल दायरे में घूम रहे हैं)** राम राम।

महाराज : सत्य हो।

दीवान : राम नाम।

महाराज : सत्य हो तुम्हारा, और सिंहासन पर तो अपना शेर ही बैठेगा।

(जाकर अपनी कुर्सी पर बैठते हैं और अर्थी को नीचे फैंक देते हैं)

दीवान : क्या यह कोई जंगल का सिंहासन नहीं है महाराज जिस पर शेर, हाथी बैठेंगे। नरसिंह, वीपी सिंह, इंदरजीत सिंह, मनमोहन सिंह, ये सिंह, वो सिंह।

महाराज : दीवान जी आप पागल तो नहीं हो गए हो हम अपने शेर सिंह की बात कर रहे हैं राजकुमार शेर सिंह। लेकिन वो आया क्यों नहीं अभी तक ?

दीवान : महाराज वो कभी रात तीन बजे से पहले वापस आए हैं जो आज जाएंगे।

महाराज : कहाँ रहता है वो रात रात भर ?

दीवान : अब एक जगह हो तो बताऊं भी।

महाराज : बताइए बताइए।

दीवान : तो सुनिए सुनिए। गार्डन से लेकर होटल तक और हॉस्टल से लेकर कोठों तक कोई ऐसी जगह नहीं जहाँ वो ना जाते हों।

महाराज : लेकिन क्यों ?

दीवान : जवानी दीवानी।

महाराज : जवानी तो हमें भी आई थी !

दीवान : (अलग से) और फिर आके चली भी गई, लेकिन वो आजकल का जवान है और वह अपने हम उम्र जवानों के साथ रंगरलिया मना रहे हैं।

महाराज : क्या ? जिन जवानों को फौज में होना चाहिए वो रंगरलिया मना रहे हैं।

दीवान : (परेड शुरू करता है) लेफ्ट राइट लेफ्ट, लेफ्ट राइट लेफ्ट, राइट लेफ्ट .....

महाराज : परेड थम (दीवान रुक जाता है) राइट टर्न

(दीवान मुडता है) अब बोल ।

दीवान : महाराज ये परेड वाले फौजी जवान नहीं, उनके हम उम्र जवान, उनके ब्वॉयफ्रेंड, गर्लफ्रेंड

महाराज : (दिल पर हाथ रखकर चीखते हैं) आहssssss

दीवान : क्या हुआ कोई पुरानी गर्लफ्रेंड याद आ गई ?

महाराज : आहsssss!

दीवान : लगता है ज़ख्म कुछ ज्यादा ही गहरा है।

महाराज : (दर्द के मारे तड़प रहे हैं) दीवान जी हमारी तबीयत खराब हुए जा रही है और आपको मजाक सूझ रहा है। लगता है दिल का दौरा था।

दीवान : दिल का दौरा नहीं दिल का टूटना कहिए। जवानी याद आ गई होगी । इस फेफड़े के टुकड़े हज़ार हुए कोई यहाँ गिरा कोई वहाँ गिरा।

(स्टेज पर इधर-उधर टुकड़े गिराने का अभिनय)

महाराज : (पकड़ने के लिए उछल कर गिरते हैं) अरे पकड़।

दीवान : (महाराज की पीठ पर पैर रखकर दूसरी तरफ चला जाता है)

महाराज : (गिरे हुए हैं) इससे पहले कि हम स्वर्ग सिधार जाएं, राजकुमार का तिलक हो जाना चाहिए ।

दीवान : (दर्शकों से) यह देखो स्वर्ग जाने वालों के थोबड़े। (महाराज से) अबे औ राजाओ तुम्हें तो क्या मिलेगा यह तो वहीं पता चलेगा ?

(इतने में एक नौजवान का लॉलीपॉप खाते हुए प्रवेश, कद काठी से जवान होने के बावजूद दिमागी रूप से 5 वर्ष का बच्चा है। बच्चों की

तरह हर बात की जिद करता है और लॉलीपॉप के लिए जान छिड़कना उसका स्वभाव है।)

नौजवान : (महाराज से) हाय अंकल।

महाराज : (उठते हुए) हाय अंकल ! दीवान जी कौन है यह ?

नौजवान : (दीवान से) हाय डैडी ।

दीवान : आई एम गोइंग मैडी ।

नौजवान : अच्छा हुआ आप दोनों यहाँ हैं ।

महाराज : दीवान जी आप इसे जानते हैं ?

दीवान : जी यह अपना ही मॉडल है ।

महाराज : मॉडल ? कौन से ईयर का है ?

दीवान : जी 1982

महाराज : क्या ?

दीवान : यह मेरा सुपुत्र है और राजकुमार का दोस्त इसका जन्म एशियाड एट्टी टू के टाइम में हुआ था।

महाराज : हेलो अप्पू यह लॉलीपॉप हमें दे दो।

नौजवान : मैं नहीं दूंगा, मैं नहीं दूंगा।

महाराज : (जबरदस्ती लॉलीपाप छीन लेते हैं और अपने सिंहासन पर बैठ जाते हैं)

नौजवान : (इधर-उधर देखने के बाद मंच के बीचो बीच बैठकर रोने लगता है छोटे बच्चे की तरह रोते रोते लेट जाता है) मेरा लॉलीपाप मेरा लॉलीपाप।

दीवान : महाराज इसकी लॉलीपॉप दे दीजिए।

महाराज : (लालीपाप वापिस करते हैं) बेटा शेर सिंह कहाँ है ?

दीवान : बताओ बेटा, महाराज के सुपुत्र राजकुमार शेर सिंह कहाँ है ?

(नौजवान सुनते ही फिर रोने लगता है)

महाराज : क्या हुआ ? **(दीवान से)** अबे यह रोने में इतना जोर क्यों लगा रहा है ?

दीवान : क्या मालूम ?

महाराज : लगता है भूखा है, दीवान जी इसे दूध पिलाइये।

दीवान : आपके होते हुए मैं दूध पिलाऊ ?

महाराज : क्या कहा ?

दीवान : मेरा मतलब था महाराज किसी से कहकर किचन से दूध मंगाइए।

महाराज : (ताली बजाकर) कोई है ? इस अप्पू के लिए एक गिलास दूध लाओ।

दीवान : बोर्नविटा डालकर।

महाराज : बेटा शेर सिंह कहाँ है ?

नौजवान : अंकल वो अस्तबल में है।

महाराज : दीवान जी इसे चुप कराइए और पता कीजिए वो कहाँ है ?

दीवान : महाराज ये अस्पताल को अस्तबल कहता है।

महाराज : पुत्र तुम्हारा और शौक राजाओं वाले। कौन से हॉस्पिटल में है वह ?

नौजवान : ऐम्स। ऑल इंडिया इंस्टीट्यूट ऑफ मेडिकल साइंस।

महाराज : लेकिन उसे हुआ क्या है ?

नौजवान : जुकाम हुआ है शायद ! डॉक्टर लगे हुए हैं पता करने में।

महाराज : ठीक है बेटा तुम चलो।

(नौजवान जाता है लेकिन जैसे ही महाराज मुड़ते हैं वह उनका चुम्मा लेकर भाग जाता है)

महाराज : अबे क्या था यह जलजला, जो मेरी ट्रेजेडी में कॉमेडी घुसेड़ रहा था। **(महाराज घबराहट में इधर उधर टहल रहे हैं)** क्या करूं क्या ना करूं ? यह कैसी मुश्किल हाय ? दीवान जी फ़ौरन राज वैद्य को बुलाइए और उनसे सारी बात पता करिए।

दीवान : **(महाराज के पीछे पीछे अपनी डायरी में से देखकर बता रहा है)** जी वो तो डॉक्टर एसोसिएशन की मीटिंग में साउथ अफ्रीका गए हैं।

महाराज : डॉक्टर नेने को मोबाइल करो ।

दीवान : जी वह माधुरी दीक्षित और अपने दोनों बच्चों के साथ पेरेंट्स टीचर मीटिंग में गए हैं।

महाराज : तो फिर !

दीवान : सब लोक क्लीनिक से किसी स्पेशलिस्ट को बुला लाऊं ?

महाराज : अबे दीवान वह सेक्स स्पेशलिस्ट है, गुप्त रोग विशेषज्ञ।

दीवान : (अपनी ठोड़ी खुजाते हुए सोच रहा है)

महाराज : किसी हकीम को ही भेज दीजिए।

दीवान : जी नीम हकीम को भेज देता हूँ।

महाराज : नीम हकीम खतरा-ए-जान।

दीवान : तो अपनी बीवी को भेज देता हूँ, करेले का काढ़ा बहुत अच्छा बनाती है वो।

महाराज : बीमारी का ठीक से पता चला नहीं और आपको करेले की पड़ी है।

दीवान : न्यू आईडिया सर जी। आप अपनी बेटी को मेरे पास भेज दीजिए।

महाराज : क्या ?

दीवान : मेरा मतलब है, मेरे साथ अस्पताल जाने के लिए। वह भी तो कर्नाटक में डॉक्टरी पढ़ रही है।

महाराज : तुम तो जानते हो हमने उसका एडमिशन डोनेशन देकर कराया था फिर वह कुछ जानती भी नहीं। कल घोड़े का जुलाब हमें पिला दिया। सारी रात सोते कम और धोते ज्यादा कटी है।

दीवान : ठीक कहते हैं आप उसकी तो कंपार्टमेंट भी अभी तक क्लियर नहीं हुई।

महाराज : बकवास बंद कीजिए और आइए हमारे साथ हम खुद उन्हें देखने जाएंगे।

दीवान : महाराज मैं आपका वहाँ खाने पीने और स्पीच का इंतजाम करवा देता हूँ।

महाराज : अजीब इंसान हो, हम वहाँ अपने बेटे को देखने जा रहे हैं, ना कि इलेक्शन कम्पेनिंग में।

दीवान : महाराज इलेक्शन का कुछ पता नहीं विरोधी मिड टर्म पोल के लिए चिल्ला रहे हैं एक साथ दोनो काम हो जायेंगे।

महाराज : मैं अपने बीमार राजकुमार के पास जा रहा हूँ।

दीवान : बीमार तो बहुत है वहाँ, खचाखच भीड़ होगी। मेरा मतलब है अच्छी खासी गैदरिंग मिल जाएगी और सुंदर-सुंदर नर्सों से तो वोट मांगने का मजा ही आ जाएगा।

महाराज : अबे मैं आज वहाँ नर्सों से मिलने नहीं अपने राजकुमार का हाल-चाल जानने जा रहा हूँ।

दीवान : आप चलिए मैं घर से होकर आता हूँ ...।

महाराज : लेकिन आपको अभी मेरे साथ चलने में क्या दिक्कत है ?

दीवान : कुछ नहीं। सोच रहा था कि घर से राजकुमार के लिए एक थरमस में दूध और एक कटोरा दलिया ले आता।

महाराज : क्या ? अस्पताल में खाना नहीं मिलता ?

दीवान : मिलता तो है लेकिन अगर मरीज के लिए कुछ ना ले जाओ तो कुछ अजीब सा लगता है।

महाराज : ठीक है जो भी करना है जल्दी करिए।

दीवान : आप झंडेवाली व्हाइट अंबेस्टर से चले जाइए, मैं स्कूटर से आता हूँ।

महाराज : नो स्कूटर नो थ्री व्हीलर। आप टैक्सी से आ जाइएगा। अलविदा, दसविदानिया फिर मिलेंगे।

दीवान : अच्छा हुआ महाराज ने कह दिया। थ्री व्हीलर से जाकर टैक्सी का बिल दे दूंगा। दूध और दलिये का खर्च भी तो बचाना है।**(दूसरी तरफ मंच के कोने में जाकर)** यही मौका है जब मैं महाराज को इंप्रेस कर सकता हूँ, एक बार अपनी बेटी की शादी राजकुमार से कर दूं तो मैं भी महाराज का समधी।

श्रीमती दीवान : (प्रवेश करते ही दीवान की पीठ पर धोल जमाती है) यह क्या ? अजी सुनते हो इन्हें क्या हो गया ? अजी यहाँ शाम के वक्त घर के बाहर खड़े क्या बड़बड़ा रहे हो ? घर का रास्ता भूल गए क्या ?

दीवान : शुक्र करो अभी शाम ही है, सुबह का भूला शाम को घर वापस आ जाए तो उसे बाहर खड़ा नहीं रखते अंदर बुला लेते हैं, कोई चाय पानी, पकोड़े खिलाते हैं।

श्रीमती दीवान : भूला ! तुम्हारे जैसा भुलक्कड़ तो मैंने आज तक नहीं देखा। कल ही तो तुमने मुझे पहचानने से इंकार कर दिया।

दीवान : मैंने क्या किया ?

श्रीमती दीवान : महाराज के यहाँ डिनर पार्टी में मुझसे बोले बहन जी मैंने आपको कहीं देखा है !

(रोने का अभिनय करती हुई दूसरे कोने में जाती है)

दीवान : (मनाने के लिए जाता है) अरे मेरी धर्मपत्नी ....

श्रीमती दीवान : ऊ हु ऊ हु ऊ हु ऊ हु ऊ हुsssssss

दीवान : अरे मेरी दार्जिलिंग। वह कल मैंने जरा ज्यादा पी ली थी। किसी ने कोका कोला में मिलाकर पिला दी थी।

श्रीमती दीवान : मैं परेशान हो गई हूँ। **(मगरमच्छ के आँसू बहा रही है)**

दीवान : चुप हो जाओ, क्यों सबके सामने इज्जत का कचरा करती हो ?

श्रीमती दीवान : हाथ मत लगाना, छूना मत।

दीवान : लेकिन मैंने छुआ कहाँ ?

श्रीमती दीवान : (मुँह बनाते हुए) छूना भी मत। अगर तुमने मुझे इतना परेशान करना था तो मुझसे शादी कर के साथ फेरे क्यों लिए ?

दीवान : (अपनी श्रीमती के चारों ओर घूमने लगता है) ओम मंगलम भगवान विष्णु पुंडरीक....

श्रीमती दीवान : दीवान अब ये क्या कर रहे हो ?

दीवान : उल्टे फेरे ले रहा हूँ।

श्रीमती दीवान : बंद करो यह बेवकूफी, शादी से पहले कैसे मेरी मिन्नते करते थे ?

दीवान : मैं और मिन्नते ?

श्रीमती दीवान : हाँ, शादी से पहले कैसे मेरे बाप की चौखट पर नाक रगड़ने गए थे ?

दीवान : मैं नहीं गया था, वह तो तुम्हारा बाप चौखट लेकर मेरी नाक पर रगड़वाने आया था।

श्रीमती दीवान : (रोते हुए दूसरी तरफ मुँह करती है) ओहो ओहो .....

दीवान : (पीछे से टर्न करके उसके सामने आकर हाथों से ताली बजाकर) बस कर ओ मेरी माँ

श्रीमती दीवान : क्या कहा ?

दीवान : मैं पहले ही परेशान हूँ फिर तुम्हारा यह रोना-धोना।

श्रीमती दीवान : यही तो रोना है। तुमने कभी मुझे अपना नहीं समझा वरना मुझे अपनी परेशानी ना बताते !

दीवान : तुम क्या करोगी जानकर ?

श्रीमती दीवान : कुछ बताओ भी, मैं तुम्हारी अर्धांगिनी हूँ।

दीवान : क्या कहा तुम मेरी अर्ध गिन्नी हो ?

श्रीमती दीवान : अर्ध गिन्नी नहीं अर्धांगिनी। ए आर ए डी एच ए एन जी एन आई।

दीवान : मैं तो तुम्हें अपनी पत्नी समझता था। यह तुम क्या बन गई अर्थ नंगी।

श्रीमती दीवान : अर्थ नंगी नहीं अर्धांगिनी इसका मतलब ही तो पत्नी है।

दीवान : चलो शुक्र है। तो सुनो जरा कान इधर करो। दरअसल बात यह है पत्नी जी, कि राजकुमार अस्पताल में है और मेरे दिमाग में एक प्लानिंग है, मैं चाहता हूँ कि किसी भी तरह से महाराज को इंप्रेस करू, ताकि राजकुमार की शादी इस घर से हो सके।

श्रीमती दीवान : **(शर्माते हुए)** यह क्या कह रहे हो जी ? मुझे तो सुन के ही शर्म आ रही है।

दीवान : ओ मेरी शर्मिला टैगोर, मैं तुम्हारी नहीं अपनी बेटी की बात कर रहा हूँ।

श्रीमती दीवान : **(ठंडी सांस भरकर धीरे से)** दिल के अरमां आँसुओं में बह गए। तुम तो बहुत अकलमंद हो मैं तो तुम्हें पागल समझती थी।

दीवान : ठीक समझती थी। क्या ?

श्रीमती दीवान : कुछ नहीं मेरे दीवान जी।

दीवान : नहीं। तुम हो मेरी दीवानी और मैं हूँ तुम्हारा दीवाना।

श्रीमती दीवान : अभी बटरफ्लाई बाद में पहले अंदर चलो।

दीवान : बटरफ्लाई नहीं बटरिंग।

श्रीमती दीवान : हां हां वही वही पहले अंदर तो चलो।

दीवान : **(रोमांटिक मूड में उसके कंधे पर हाथ मारते हुए)** क्यों अंदर क्या है ?

श्रीमती दीवान : होगा क्या ?

दीवान : अब इस उम्र में हो भी क्या सकता है ?

श्रीमती दीवान : क्या ?

दीवान : मेरा मतलब था कि तुम मुझे अंदर ले जाने की जिद क्यों कर रही हो ?

श्रीमती दीवान : आज हमारी मैरिज की सिल्वर जलेबी है।

दीवान : अरी ओ मेरी ऑक्सफोर्ड की डिक्शनरी, सिल्वर जलेबी नहीं सिल्वर जुबली, मैरिज एनिवर्सरी की 25वीं सालगिरह।

श्रीमती दीवान : चलो तो सही अंदर चल कर दो मिनट का मौन रखेंगे।

दीवान : लेकिन मुझे एम्स में दलिया लेकर जाना है।

(दोनों जाते हैं)

3

[मंच के बीच में आकर मिश्रीलाल बैठता है]

मिश्री लाल : 7 साल हो गए ट्रक ड्राइवर की शागिर्दगी करते हुए मिला क्या ? एक नाम क्लीनर मिश्री। जब यहाँ आया था तो क्या हष्ट पुष्ट यंग स्मार्ट टीनएजर था। एक सपना था हीरो बनने का। क्या सोचने लगे एक क्लीनर और हीरो ? अरे भाई जब एक बस कंडक्टर रजनीकांत बन सकता है, एक कुक अक्षय कुमार बन सकता है तो क्या एक क्लीनर विलेन भी नहीं बन सकता। अपने जैसा मैं ही हूँ जिसने अपने गुरु से सब कुछ सीखा बस ड्राइवरी ही नहीं सीख पाया। जवानी चढ़ते ही ढाबो की दाल फ्राई, तंदूरी रोटी, प्याज़ और मीठी लस्सी। रात को एक पौवा और फिर गाना बजाना इस सब में ड्राइवरी की सुध रही और ना शादी की। इच्छा हुई तो रात भर के लिए खरीद लेता हूँ। वैरायटी बनी रहती है सो अलग। खाली समय में रिलायंस,टाटा, डाबर के शेयर खरीद के खुश हो लेता हूँ। कल तो ऐसी धड़ाम गिरी मार्केट कि पूछो मत, और बचे खुचे पैसे तो सब जलेबी बाई का गाना सुनने में खत्म हो गए। **(विंग्स में देख कर)** वो सामने से कौन आ रहा है उसी को पटाता हूँ । ताकि रेस कोर्स के घोड़े का नंबर लगा सकूं।

वैद्य : **(पापुड़िया का मंच पर प्रवेश)**

मिश्रीलाल : राम राम भैया !

वैद्य : गुड मॉर्निंग, आई एम गोइंग फॉर द इलाज ऑफ राजकुमार इज दा ।

मिश्रीलाल : (दर्शकों से) अंग्रेज लगता है (वैद्य से) या या, यस, ओके, टाटा बाय, यूअर नेम एंड व्हाट कंट्री ?

वैद्य : मैं एक डाक्टर हूँ। एम.बी.बी.एस.,एम.डी.,एम.आर.एस.एच. लंदन। इंग्लैंड रिटर्न।

मिश्रीलाल : अच्छा अच्छा भाभी एलिजाबेथ कैसी है ?

वैद्य : अरे भाई मैंने आंगल देश से शिक्षा ग्रहण अवश्य की है परंतु मैं भारत देश का ही निवासी हूँ और चिकित्सक हूँ। मैं एक मध्यम वर्गीय परिवार में उत्पन्न हुआ और लगन और दृढ इच्छाशक्ति से......

मिश्रीलाल : जी आप मुझसे सीधी सीधी हिंदी में बात कीजिए ये भाषा में समझ नहीं पा रहा हूँ-आंगल,ग्रहण, मध्यवर्गीय दृढ। एक महान व्यक्ति ने कहा है कि इतने भारी शब्द बोलने में नहीं लिखने में प्रयोग करो।

वैद्य : अरे भाई मैं एक हकीम हूँ, अब तो जाने दे।

मिश्रीलाल : अच्छा तो आप अपने गांव के वैद्य जी जैसे हो !

वैद्य : वैसा ही समझो।

मिश्रीलाल : समझा। एक चीज और बताओ। समझाओ, यह सभी वेद क्या सामवेद, ऋग्वेद के बड़े भाई हैं ?

वैद्य : अरे मूर्ख ! वेद और वैद्य में फर्क नहीं जानता ?

मिश्रीलाल : जानना चाहता भी नहीं। यह बताओ कौन गांव के हो और नाम क्या है ?

वैद्यः (गुस्से में) पेशे से डॉक्टर हूँ नाम है पापुड़िया।

मिश्रीलाल : क्या कह रहे हैं आप का पापड़ गांव को बिलांग करते हैं ?

वैद्य : अबे नहीं यह मेरा सरनेम है।

मिश्रीलाल : सरनेम क्या खोपड़ी का भी नाम होने लगा ?

वैद्य : अच्छा हट जा परेशान आत्मा मुझे परेशान न कर।

मिश्रीलाल : परेशान तो तुम ने कर दिया। मैं बीमार आदमी टाइम पास करने के लिए रेस कोर्स का घोड़ा चुन रहा था...

वैद्य : अबे शादीशुदा होकर जुआ खेलता है, बदतमीज ! चार बच्चों का बाप होकर शर्म नहीं आती।

मिश्रीलाल : अबे ओ डॉक्टर, नेता बनकर भाषण मत झाड़ वरना मैं भी अपने पेचकस से पीछे ऐसा इंजेक्शन लगाऊंगा के ऊयी ऊई करता फिरेगा।

वैद्य : लेकिन मैंने क्या कहा ?

मिश्रीलाल : क्या कहा ? मैं कुंवारा हूँ और मुझे चार बच्चों का बाप बना दिया। मेरी त्वचा पर मत जाओ

वैद्य : तूने शादी नहीं की ?

मिश्रीलाल : नहीं।

वैद्य : फिर तुझे ध्यान नहीं आता ?

मिश्रीलाल : किसका ?

वैद्य : शादी का।

मिश्रीलाल : आता है।

वैद्य : तो फिर।

मिश्रीलाल : फिर क्या, दोस्तों की शादी में नाच कर मन बहला लेता हूँ।

वैद्य : मूर्ख तू समझा नहीं। अच्छा यह बता, कि तुझे नींद आ जाती है ?

मिश्रीलाल : बड़े चैन की आती है।

वैद्य : अकेले ?

मिश्रीलाल : अकेले क्यों ? कभी चंपावती के साथ, कभी चमेली, कभी जलेबी, और कभीअपने ड्राइवर के साथ रजाई लेकर सो जाता हूँ।

वैद्य : छी छी छी अबे मूर्ख शादी क्यों नहीं कर लेता ?

मिश्रीलाल : जब बिना शादी के ही सब कुछ मिल जाए तो शादी की क्या जरूरत ?

वैद्य : जरूरत है जैसे बीमार को इलाज की। तूने कभी इलाज कराया ला तेरा खून टेस्ट करूं।

मिश्रीलाल : मैं अपना खून नहीं दूंगा !

वैद्य : क्यूँ ?

मिश्रीलाल : तुम बाजार में ले जाकर बेच दोगे।

वैद्य : मैं टेस्ट करने के लिए मांग रहा हूँ।

मिश्रीलाल : टेस्ट के लिए क्या डबल रोटी पर लगा कर खाओगे ?

वैद्य : मूर्ख मैं देखूँगा कि इसमें एच.आ.ई वी पॉजिटिव तो नहीं।

मिश्रीलाल : अगर हुआ तो।

वैद्य : यानी तुम्हें एड्स है

मिश्रीलाल : (आश्चर्य से) अच्छा !

वैद्य : जानते हो यह है क्या ?

मिश्रीलाल : कुछ अच्छा ही होगा जैसे विटामिन ए. बी. सी. डी।

वैद्य : नहीं मूर्ख।

मिश्रीलाल : तो फिर ?

वैद्य : यह एक बीमारी है।

मिश्रीलाल : मलेरिया जैसी ?

वैद्य : नहीं।

मिश्रीलाल : तपेदिक ?

वैद्य : नहीं।

मिश्रीलाल : तो फिर ?

वैद्य : कैंसर से भी खतरनाक है यह।

मिश्रीलाल : इलाज क्या है ?

वैद्य : इलाज़ सिर्फ एक है कि ब्रेक लगाओ।

मिश्रीलाल : ट्रक की ब्रेक। मैं तो सिर्फ गियर और क्लच ही जानता हूँ।

वैद्य : अबे गेयर को न्यूट्रल में रख और ब्रेक लगा।

मिश्रीलाल : साफ-साफ बताओ।

वैद्य : एड्स बड़ी तेजी से फैल रही है वैसे हमारे देश में कम लोगों को है लेकिन ....

मिश्रीलाल : काश कि मुझे भी यह बीमारी होती तो मुझे भी लोग जानते। बाजार से खरीद लूं ?

वैद्य : बाजार से ही मिलती है, बाजारू गलियों से।

मिश्रीलाल : अगर ये बीमारी मुझे लग जाए तो मैं खुशियां मनाऊ, गाना गाऊं ...,

वैद्य : पर क्यूँ ?

मिश्रीलाल : जब मेरे ड्राईवर का लड़का पप्पू बाप के कंधे पर बैठ कर गाना गाता है तो मुझे बहुत जलन होती है। मैं भी उसे चिढ़ाऊंगा.....।

वैद्य : कैसे ?

मिश्रीलाल : देश विदेश में बात चली है पता चला है मिश्री क्लीनर को एड्स हुआ है, एड्स हुआ है।

(जंगल जंगल बात चली है गाने की पैरोडी गा रहा है)

वैद्य : अबे ओ मोगली तू नाच रहा है ! अगर यह बीमारी किसी को हो जाए तो वह बचेगा नहीं

मिश्रीलाल : यानी यह जानलेवा है ?

वैद्य : बिल्कुल। और इस जुम्मे को वादा कर कि अब ना तो ऐसी वैसी जगह जाएगा ना...

मिश्रीलाल : क्या वैद्य जी जुम्मे के दिन भी ये वायदा ? जुम्मे के रोज होना चाहिए चुम्मे का वायदा

वैद्य : फिर चुम्मा ! खून देगा या नहीं।

(मिश्रीलाल बोलते हुए बाहर भाग जाता पीछे पीछे वैद्य भी भागता है)

4

[महाराज और दीवान दोनों दुखी अवस्था में मंच पर घूम रहे हैं। दीवान बार-बार मजनू की तरह बैठता है]

महाराज : दीवान जी क्या बात है ?

दीवान : मैं दुखी हूँ ।

महाराज : क्यों ?

दीवान : मिश्री को एड्स हो गया ना !

महाराज : तो तुम क्यों दुखी हो ?

दीवान : बात यह है महाराज की मिश्री की वजह से एड्स होगा चंपावती को । मुझे डर है कि चंपावती से होगा मुझे, और फिर बात यहाँ तक होती तो भी कोई बात नहीं थी, मुझे डर है कि मेरी वजह से यह बीमारी महारानी को और महारानी से आपको हो जाएगी आप तो कहीं के नहीं रहे.....

महाराज :(सोच रहे हैं) आप कहना क्या चाहते हैं कि हम गेय सोसाइटी से बिलॉन्ग करते हैं या फिर हम तुम्हारे साथ या तुम हमारे साथ ?

दीवान : छी छी छी । सवाल यह नहीं है कि आप मेरे साथ या फिर मैं आपके साथ ।

महाराज : दीवान क्या अनाप-शनाप बक रहे हो ?

दीवान : महाराज बड़ी सिंपल सी बात है हम रोजाना जब भी मिलते हैं तो हाथ मिलाते हैं । शेकहैंड । तो एड्स मेरे हाथ से आपको हो जाएगी।

महाराज : कितने मूर्ख हैं आप ! जो यह भी नहीं जानते कि एड्स हाथ मिलाने से नहीं होती ।

दीवान : इतना तो मुझे भी थोड़ा-थोड़ा मालूम है और मैं यह भी जानता हूँ कि कम से कम मुझे तो हाथ मिलाने से नहीं होगी ।

महाराज : क्यों ?

दीवान : मैं डेटोल लिक्विड सोप से हाथ होता हूँ ।

महाराज : **(जाकर अपनी कुर्सी पर बैठते हैं)** यह सब छोड़ो और कुछ टॉपिक चेंज करो। यह स्वीट्स मे कुछ नहीं रखा ।

दीवान : स्वीट्स नहीं महाराज एड्स ।

महाराज : एड्स वेडस में कुछ नहीं रखा ।

दीवान : **(महाराज के पीछे पीछे कुर्सी तक जाते हैं)** मैं सोचता हूँ कि एडस के सारे पेशेंट को एक ट्रेन में बैठा कर पड़ोसी के यहाँ छोड़ आऊ।

महाराज : कौन पड़ोसी ?

दीवान : पी पी पी ।

महाराज : पी पी पी पी क्या है ?

दीवान महाराज चार बार नहीं पीपी पीपी नहीं तीन ही बार है जी पी पी पी।

महाराज : हां तीन बार ही सही पर ये पी पी पी क्या है ?

दीवान : प्यारा पड़ोसी पाकिस्तान ।

महाराज : **(महाराज चुप रहने का इशारा करते हैं)** ऐसी बातें जोर से नहीं कहते अगर किसी शरीफ ने सुन लिया तो बदमाशी पर उतर आएगा ।

दीवान : ओके महाराज ओके । स्टेज के भी कान होते हैं ।

महाराज : **(कुर्सी से खड़े होते हैं)** कुछ भी हो अभी हमारे सारे वकीलों से कहो कि इस बीमारी के इलाज में जुट जाएं ।

दीवान : वकील नहीं साइंसदान साइंटिस्ट ।

महाराज : वकील ।

दीवान : साइंटिस्ट ।

महाराज : मूर्ख हम साइंटिस्ट को वकील कहते हैं ।

दीवान : ओह !

महाराज : वकीलों से कहो कि काम दाम दंड भेद जैसे भी हो बीमारी का इलाज ढूंढो और तब तक हमारी सभा में इस मानव एड्स का ज़िक्र बंद। पार्लियामेंट में कुछ नया हंगामा छेड़ो।

दीवान : ठीक है महाराज ढोल बजाइए।

महाराज : क्या?

दीवान : मुनादी किए देता हूँ। सुनो सुनो सुनो आज से अच्छे दिन आयेंगे।

महाराज : अबे चुप कर वो जुमला था।

दीवान : ओके सॉरी सारी सुनो सुनो सुनो आज से एड्स की बीमारी सेंसर कर दी गई है, जो कोई भी इस बैन बीमारी का जिक्र करता पाया गया सजा का हकदार होगा.........।

महाराज : क्लोज दिस ओल्ड चैप्टर एंड स्टार्ट दी न्यू चैप्टर। दीवान जी एक बात सच सच बताओगे?

दीवान : बताऊंगा।

महाराज : पहले यकीन दिलाओ कि सच कहोगे।

दीवान : मैं ईश्वर को हाजिर नाज़िर जानकर कहता हूँ कि जो कुछ कहूँगा सच कहूँगा सच के सिवा कुछ नहीं कहूँगा अगर झूठ बोला तो आज से आप पायजामा पहनना छोड़ देंगे।

महाराज : क्या?

दीवान : क्षमा कीजिए महाराज। मैं ईश्वर को वगैरा-वगैरा जान कर कहता हूँ कि जो कुछ कहूँगा सच कहूँगा अगर झूठ बोला तो आज से मैं आपका पायजामा पहनना छोड़ दूंगा।

महाराज : जब ही मैं कहूँ, कभी मेरा नाड़ा गायब है, कभी पायजामे की आस्तीन फटी है!

दीवान : सॉरी मेरी लॉरी आप क्या पूछना चाहते थे?

महाराज : तुम्हारा मेरी पर्सनैलिटी के बारे में क्या ख्याल है?

दीवानः (महाराज को गौर से ऊपर नीचे देख कर उनके चारो और एक चक्कर लगाता है और हंसने लगता है)

महाराज : (एक थप्पड़ लगाते हैं) चटाक (मुँह से बोलते है) बेवकूफ इसमें हँसने की क्या बात है?

दीवानः (बोलते हुए एक कोने में सरक लेता है) महाराज यह भी कोई पूछने की बात है ? (मुँह बनाकर) अब आपकी भी कोई पर्सनैलिटी है ?

महाराज : क्या ?

दीवान : मेरा मतलब है महाराज आपकी पर्सनैलिटी नहीं आपका तो परसनेलटा है ।

महाराज : मतलब ? परसनेलटा ? दीवान जी हम समझे नहीं जरा खोलकर समझाइए ?

दीवान : अपना पायजामा खोलने लगता है टियु टियु टियु ।

महाराज : अबे ये क्या कर रहा है ?

दीवान : आप ही ने तो कहा कि खोल कर समझाओ ।

महाराज : अबे सहादत हसन मंटो की कार्बन कापी । मेरा मतलब बात को खोल कर समझाने से था ।

दीवान : आई.एम.सॉरी, वेरी सॉरी महाराज, अभी यहाँ ऑडियंस के सामने सब गड़बड़ हो जाता । तो आप यह जानना चाहते हैं, कि मेरी पर्सनैलिटी कैसी है ? बहुत बढ़िया बहुत खूबसूरत मुझे तो यश चोपड़ा से कई फिल्मों के ऑफर मिले, पर मैं ही इंकार करता रहा ।

महाराज : अबे मैं तेरी पर्सनैलिटी की नहीं अपनी पर्सनैलिटी की बात कर रहा हूँ ।

दीवान : अब महाराज मैं अपने मुँह से क्या कहूँ ? आपकी भी ठीक ही है ।

महाराज : (गुस्से में) ठीक ही है, हैंssss

दीवान : महाराज आप तो साक्षात बतीस चौबीस छियालीस है (हाथ से इशारा करता है) मैंने आपसे खूबसूरत आदमी आज तक नहीं देखा, काश कि आप लड़की होते और मैं लड़का होता....।

महाराज : क्या ?

दीवान : मेरा मतलब है महाराज के मैं लड़का होता और आप लड़की होते ।

महाराज : अबे क्या बक रहा है ?

दीवान : मेरा मतलब था महाराज काश मैं लड़की होता तो आप की भक्ति में जीवन बिता देता । आई मीन बिता देती ।

महाराज : दीवान तुम हमेशा आगे की बात पीछे और पीछे की बात आगे क्यों कर जाते हो ?

दीवान : महाराज अब माफ कर दो आगे से नाप कर करूंगा ।

महाराज: फिर वही ।

दीवान : नापतोल कर बात करूंगा यही कह रहा हूँ ।

महाराज : **(कुर्सी पर बैठते हैं)** दीवान जी हमारी प्रजा कैसी है ?

दीवान : प्रजा का क्या कहना महाराज । हमेशा रोती रहती है।

महाराज : दीवान तुमने पहले क्यों नहीं बताया ? निकालो हमारा रथ हम अभी प्रजा को देखने जाएंगे । वह रोती रहती है और हम यहाँ अंगूर खा रहे हैं ।

दीवान : क्षमा कीजिए महाराज आपके रथ का तो पेट्रोल लीक करता था, वह तो महेंद्रू ऑटो सेंटर पर सर्विस होने गया है, और मैं क्षमा चाहता हूँ महाराज कि मेरे मुँह से निकल गया की प्रजा रोती रहती है। मेरे कहने का मतलब था कि जब से आप ने दारु बंद कराई है, सब चैन से है । सारी प्रजा सुख चैन से सोती है ।

महाराज : फिर ठीक है। हमने अपने राज्य में दारू बंद कराई है और सुना है इंद्रप्रस्थ के राजा ने सिगरेट बंद कर दी है ।

दीवान : बिल्कुल महाराज पब्लिक प्लेसिस में सिगरेट पीना मना है ।

महाराज : दीवान जी हिंदी में बोलिए ।

दीवान : सिगरेट मतलब श्वेत रंग लंब रूप धुम्रपान दंडिका । पब्लिक प्लेसिस मतलब सार्वजनिक स्थल ।

महाराज : यानी सार्वजनिक स्थल में नहीं पी सकते ?

दीवान : **(छोटी उंगली दिखाते हुए)** पर सार्वजनिक शौचालय में पी सकते हैं ।

महाराज : छी छी छी दीवान जी ।

दीवान : क्या करें महाराज ? अब जिनको आदत है वह क्या करें ? कुछ की तो सुबह सिगरेट पिए बिना आती ही नहीं ।

महाराज : आती नहीं क्या मतलब ?

दीवान : रोज़ आती है मगर आती नहीं। मतलब यह कि आपको तो यह तकलीफ है नहीं, क्योंकि आप तो सुबह लोटा लिया और चले गए जंगल और कहीं भी बैठ गए।

महाराज : (गुस्से से) दीवान जीsssss ?

दीवान : जंगल महाराज। आप तो चले जाते हैं जंगल में शिकार खेलने और पीछे से......

महाराज : दीवान जी कई दिनों से हम शिकार खेलने नहीं गए। शिकार की तैयारी करो।

दीवान : बेदी टेलर को आपकी दूल्हे की ड्रेस सीने के लिए बोल देता हूँ। **(दीवान बाहर की तरफभागने लगता है महाराज उसे कमीज से पकड़कर पीछे करते हैं)**

महाराज : अबे दूल्हे की ड्रेस किस लिए ?

दीवान : महाराज आप जब भी शिकार पर जाते हैं जंगल के कबीले से कोई ना कोई नई महारानी ले आते हैं। मैंने सोचा, पहले ही से ड्रेस और बैंड का इंतजाम करा दूं।

महाराज : नहीं बेटे दीवान अब वह शिकार खेलने की हमारी उम्र नहीं रही, बूढ़ा और कमजोर हो गया हूँ भाई।

दीवान : आप कहें तो सब लोक क्लीनिक से दवाई मंगा दूं।

महाराज : नहीं दीवान।

दीवान : मेरे पास एक अंग्रेजी दवा भी है वियाग्रा।

महाराज : दीवान में उस कमजोरी की बात नहीं कर रहा।

दीवान : आप निराश ना हो महाराज युवराज सिंह की तरह वाइटल खाइए। सुबह शाम दस दंड पेलिए महाराज। एकदम चुस्त हो जाएंगे और दो सौ बैठक लगाइए , एकदम टैटू की तरह दौड़ने लगेंगे महाराज। टक बक टक बक।

महाराज : चटाक ssss **(सुनते ही दीवान अपनी जगह पर हर बार पूरा घूम जाता है)**

चटाक बदतमीज। चटाक बेवकूफ। हमारी सुनो अब हमारी नजर कमजोर हो गई है।

दीवान : और मैं समझा कि ....। इस नादान को क्षमा कर दीजिए महाराज ।

महाराज : लेकिन नजर कमजोर होने से एक फायदा हमें जरूर हुआ कि हम अब हर औरत को माँ की नजर से देखते हैं। जिससे हमारा ट्रैक्टर सुधर गया है ।

दीवान : महाराज आपका ट्रैक्टर नहीं कैरेक्टर सुधर गया ।

महाराज : ट्रैक्टर

दीवान : करैक्टर

महाराज : ट्रैक्टर

दीवान : कैरेक्टर

महाराज : हम कैरेक्टर को ट्रैक्टर कहते हैं ।

दीवान : चलिए महाराज यूं ही सही । आपका कैरेक्टर तो चलो सुधर गया लेकिन आप अगर हर किसी को माँ की नजर से देखोगे तो आपके पिताजी के कैरेक्टर का क्या होगा ?

(कहने के बाद स्टेज के निचले दाहिने हिस्से में पहुंच जाता है)

महाराज : (चिल्लाकर ऐसे बात करते हैं जैसे बहुत दूर हो) दीवान जीssssss क्या कर रहे हो ?

दीवान : (उसी तरह जवाब देता है) महाराज मैं कह रहा था कि शिकार पर निकल चलो अगर कहीं आपके पिताजी आ गए तो मुश्किल हो जाएगी । वह आपको शिकार पर कभी नहीं जाने देंगे ।

महाराज : जल्दी चलो । लेकिन आज शिकार का रूट क्या होगा ?

दीवान : यहाँ से आश्रम, आश्रम से निजामुद्दीन और प्रगति मैदान से पहले चिड़ियाघर ।

महाराज : चिड़ियाघर ?

दीवान : अब महाराज सभी जानवर वहाँ बंधे हुए हैं, अगर आपने धायं या ठा ठा करके गोली चला दी तो वह कम से कम हमला तो नहीं करेंगे ।

महाराज : फिर तो हम शेर का शिकार करेंगे ।

दीवान : (दर्शकों से) ये गीदड़ क्या शेर का शिकार करेगा ?

महाराज : क्या ?

दीवान : मेरा मतलब है महाराज के शेर कई दिनों से रोज़े पर है । मतलब यह कि भूखा है कहीं वह हम पर टूट ही ना पड़े ।

महाराज : शेर भूखा है तो क्या ? हम भी कई दिनों से भूखे हैं। हम भी शेर हैं !

दीवान : महाराज वो जंगल का शेर है ।

महाराज : तो हम इस देश के शेर हैं । हमारा तो सीना भी 56 इंच का है ।

दीवान : **(शब्दों पर जोर देकर)** वह शेर है ।

महाराज : हम सवा शेर हैं ।

दीवान : वो शेर है ।

महाराज : हम भी सवा शेर हैं । हमारे तो झंडे में भी शेर है ।

दीवान : तो लॉक कर दिया जाय के आप सवा शेर है ।

महाराज : बिल्कुल **(शेर की तरह चिल्लाने के लिए मुँह खोलते हैं पर आवाज निकलती है बिल्ली की)** मियाऊ ssssss

दीवान : आप शेर हैं महाराज ?

महाराज : बिल्कुल दीवान जी कोई गुंजाइश ही नहीं ?

दीवान : महाराज एक बात बताइए कि शेर आपके घर आया था या फिर आपकी माँ ....!

(महाराज शेर की तरह चिल्लाते हुए दीवान को मारने दौड़ते हैं और स्टेज से बाहर चले जाते हैं।)

5

[सेठ और मुंशी दोनों को एक्टिंग का शौक है दोनों ही अपने संवाद अलग-अलग फिल्मी कलाकारों की आवाज में बोलते हैं]

मुंशी : सेठ जी आज दुकान सड़क पर खुलेगी क्या ?

सेठ : अरे मुंशी हुड्डा का लास्ट नोटिस आ गया है सेक्टर सात, आठ और दस में घर के अंदर दुकान नहीं खोल सकते । शटर बंद ।

मुंशी : अब आप की दुकान तो पहले ही बंद रहती थी ।

सेठ : क्यों ? वो कैसे ?

मुंशी : सारे साल तो आप नाटक और रामलीला की रिहर्सल करते हो दुकान का खुलना और ना खुलना ....

सेठ : मुंशी तुमने नाटक की बात करके मेरे अंदर सोए एक्टरों को जगा दिया है ।

मुंशी : अब आप तो पैदाइशी एक्टर हो । आपको याद है जब आप पैदा हुए थे उस वक्त आप रो रहे थे । **(बच्चे की तरह रोता है ऊआsss ऊ आsss ऊ आsss)** क्या रो रहे थे ? सेठ जी आहा क्या एक्सप्रेशन थे आपके ? आप की एक्टिंग देखने लायक थी ।

सेठ : तुमने देखी थी मेरी वो सोलो परफारमेंस ?

मुंशी : क्या बात करते हो सेठ जी ? आपके साथ वाले झूले में तो लेटा हुआ था मैं ! मुँह में बोतल लगी थी । बोतल में बोनी का निप्पल ।

सेठ : वह भी क्या दिन थे । ग्रेट गरररररर रेट !

मुंशी : मैं तो कहता हूँ कि अभी घर, दुकान, काम, धंधा बंद करो, स्टेशन जाओ मुंबई की टिकट बुक कराओ बैठ जाओ, मुंबई जनता में।

सीधे फिल्म सिटी। सुभाष घई,डेविड धवन करण जौहर, सुधीर मिश्रा, पंकज पराशर, सईद मिर्जा सब के सब स्टेशन पर लेने आएंगे आपको।

सेठ : अबे मुझे कोई नहीं जानता।

मुंशी : फिकर नॉट। मैं एक लेटर लिखे देता हूँ। ये आप उनके हाथ में दे देना, और वह आपको अपना आपके हाथ में दे देंगे। बस उसके बाद काम चालू पिक्चर शुरू।

सेठ : अबे कौन किसके हाथ में क्या रख रहा है ?

मुंशी : आप लैटर रखेंगे उसके हाथ में वो ₹51000 का साइनिंग अमाउंट दे देंगे आपके हाथ में। इधर एग्रीमेंट साइन करो उधर पिक्चर शुरू।

सेठ : अबे मैं चने के झाड़ पर चढ़ा चुका, मुझे नीचे उतार।

मुंशी : चढ़े रहिए। आप जानते नहीं शाहरुख को काम किसने दिलाया ?

सेठ : किसने ?

मुंशी : मुंशी ने।

सेठ : हैsss ?

मुंशी : हांssssssssss। गोविंदा तो अपने ही शहर का है यही डबुआ कॉलोनी का मेरे साथ तो कई गिल्ली डंडे की मैच खेले हैं उसने ! उसे डांस किसने सिखाया ?

सेठ : किसने ?

मुंशी : मैंने

सेठ : हैsssssss

मुंशी : हांssssssssss। और कितना मारा था, मैंने उसको जब उसका डांसिंग स्टेप गलत हो गया। यहाँ, यू पढ़ना था पढ़ा यू।

(डांस कर के दिखाता है)

सेठ : **(जोश में)** मेरा ख्याल है कि बहुत हो गया। अब मेरे अंदर का एक्टर उछलकर बाहर आने को बेताब है। अब मैं अपने काम के साथ-साथ अपनी एक्टिंग, अपनी स्पीच, अपना डिक्शन सुधारने की कोशिश करूंगा और.....

मुंशी : मेरी मानो तो कुछ जिम शिम ज्वाइन करके थोड़ी बॉडी शोडी बना लो सिक्स पैक सुनील शेट्टी, शाहरुख खान, संजय दत्त ।

सेठ : बिल्कुल और बॉडी बनाने के बाद सीधा......

मुंशी : छुक छुक छुक मुंबई बाई ट्रेन ।

सेठ : नहीं जूम जूsssss मुंबई, बाई एयर । कट । ठीक है जल्दी से आज का काम निपटा लिया जाए ।

मुंशी : (दर्शकों से) सेठ फकीरचंद अपने मुंशी करोड़ी मल के साथ हिसाब-किताब कर रहे हैं कुछ देर बाद वहाँ आता है गरीब गोपी ।

सेठ : क्या रामायण बांच रहे हो ? मुंशी जी तकिया और हिसाब किताब यहाँ ले आइए ?

मुंशी : अवश्य अवश्य ।

सेठ : मुंशीजी हिसाब-किताब किलियर है ना ?

मुंशी : बिल्कुल क्लियर है सेठ जी और 2 दिन में सारा साफ करके चला जाऊंगा ....

सेठ : कहाँ चले जाओगे ?

मुंशी : गंगा नहाने ।

सेठ : क्यों कुंभ का मेला लग गया क्या ? और मुंशी बिल गेट्स का के होया ?

मुंशी : नया सॉफ्टवेयर हुआ है ।

सेठ : अबे म्हारा मतलब था के म्हारे ब्याज का के होया ?

मुंशी : वह तो सेठ जी कल ही उसने ऑनलाइन जमा करा दिया बैंक में आपके अकाउंट में। पेटीएम कर दिया सेठ जी । आजकल चोखा धंधा कर रयो है यो बिल गेट्स । कल ही ई मेल भेजी है उसने 135 मिलियन और मांग रहा था । बोलयो यूनिवर्सिटी बनाएगा ईब ।

सेठ : हूँ ! तो यह चक्कर है ।

मुंशी : कहता था ईब के और उधार दे दो मन्ने । अगले बरस सारा पैसा मूल समेत चुका के अपनी जमीन, गाय, बैल, कंप्यूटर और बीवी... के जेवर छुड़ा लेगा आपसे....

सेठ : लाइट, साउंड, कैमरा, एक्शन । सीन टू, टेक वन। मुंशी तुम ये कन्हैया लाल की तरह क्यों बात करते हो ?

मुंशी : सेठ जी वह मेरा आदर्श है ।

सेठ : कहीं ऐसा ना हो जैसे आपका आदर्श ...

मुंशी : सेठ जी ऐसे नहीं स्पीच सुधारिये। मुंबई जाइए, टिकट कटाईए । लाइट, साउंड, कैमरा

सेठ : एक्शन । **(गला साफ करके)** कहीं .. **(खारिश करके रामलीला स्टाइल से)** कहीं ऐसा ना हो कि जैसे आपका आदर्श कन्हैयालाल है, वैसे ही गांव में किसी का आदर्श सुनील दत्त निकल आया तो अपने ही घर में मदर इंडिया बन जाएगी ।

मुंशी : (रामलीला स्टाइल) अब ना मदर इंडिया का टाइम है, ना मिस्टर इंडिया का अब टाइम है बैंडिट इंडिया का ।

सेठ : बैंडिट इंडिया ?

मुंशी : जी बैंडिट क्वीन । **(माईम में ऐ.के 47 से गोली चलाता है और सेठ जी भी स्लो मोशनमें स्टेज पर गिर जाते हैं)** ढेsss ढेsss ढेssss डेss ठाय ठाय।

(गोली की आवाज मुँह से निकलता है)

सेठ : आह sss

मुंशी : **(सेठ जी पर झुकते हुए)** सेठ जी गोली नहीं है इसके अंदर आप बिल्कुल चिंता ना करें

सेठ : क्यों डराते हो भाई ? सुना है महाराज आजकल रात बेरात राज्य में ...

मुंशी : क्या नंगे घूमते हैं ?

सेठ : अरे । महाराज भेष बदलकर राज्य में घूमते हैं बेवकूफ ।

मुंशी : हम क्या जाने सेठ जी ?

सेठ : भाई हमें तो सेठानी कह रही थी ।

मुंशी : क्या के महाराज नंगे घूमते हैं ?

सेठ : बेवकूफ ! ये के महाराज भेष बदलकर घूमते हैं ?

मुंशी : ये घर की औरतें तो सब की सब बस महाराज की दीवानी है ।

सेठ : क्या वाकई महाराज बहुत खूबसूरत हैं ?

मुंशी : जब आए थे तो बहुत काले थे, अब तो फेयर एंड हैंडसम लगाकर उनका रंग साफ होता जा रहा है ।

सेठ : क्यों केचुली बदल रहें है क्या ?

मुंशी : आपको क्यों इनफीरियरटी कांपलेक्स आ रहा है ?

सेठ : लाइट, साउंड, कैमरा, एक्शन । **(मुलतानी भाषा)** अरे मुंशी भिरा, हीं उमर वेच जेकरमेडी सेठानी महाराज नाल भज वेसी ते मेडी ते डूजी शादी थीवण तू रही ।

(अरे मुंशी भाई अगर इस उम्र में मेरी सेठानी महाराज के साथ भाग गयी तो मेरीतो दूसरी शादी होने से रही ।)

मुंशी : बिल्कुल सही आखे वे सेठ जी तवाडी ते पहली शादी ही बहूँ मुश्किल नाल थई हयी ।

(बिल्कुल सही कहा सेठ जी आपकी तो पहली शादी भी बहुत मुश्किल से हुई थी)

सेठ : क्या ?

मुंशी : मैं आदा पया हम के बहूँ मुश्किल थी वेसी । **(मैं कह रहा था बहुत मुश्किल हो जायेगी)**

[महाराज सन्यासी के भेष में स्टेज के बाई तरफ से प्रवेश करते हैं]

महाराज : तेरे द्‌वार खड़ा एक जोगी **(गाने की लाइन भी डायलॉग की तरह बोलते हैं)**

सेठ : आगे जाओ बाबा खुले पैसे नहीं है

महाराजः (दर्शकों से) हम जोगी हैं बच्चा, हमसे झूठ मत बोल। झूठ बोले कौवा काटे ।

मुंशी : **(महाराज के पास जाकर)** यह सच कह रहे हैं बाबा हम तो फिल्म नगरी बॉलीवुड के होने वाले स्ट्रगलर हैं। हमारे पास पैसे का क्या काम ?

महाराज : फिल्म नगरी ही नहीं इस जीवन रूपी नगरी में भी सब स्ट्रगलर हैं । जिंदगी एक सफर है सुहाना । हरिओम बोलना पड़ेगा ।

मुंशी : आसाराम का भक्त लगता है **(पास जाकर)** बाबा कुछ हाथ वाथ भी देखते हो या फिर....

महाराज : बच्चा हम ऐसे ज्योतिषी हैं कि हमें किसी का हाथ देखने की जरूरत नहीं। हम तो चेहरा देखकर सब जान लेते हैं ।

सेठ : यू मीन फेस रीडिंग ?

महाराज : येस। एक दिन तुम बहुत बड़ा सितारा बनोगे । ट्विंकल ट्विंकल लिटिल स्टार ।

सेठ : कुछ बताओ तो जानो

महाराज : लिखा है तेरी आंखों में दिल का अफसाना अगर इसे समझ सको हमें भी समझाना ।

सेठ: **(पांव पकड़ता है)** कुछ समझा नहीं बाबा ?

महाराज : करोड़ों रुपए की बात मुफ्त में जानना चाहता है । हट जा मुझे फिल्म की शूटिंग में जाना है ।

मुंशी : **(उछलकर)** शूटिंग !

सेठ : शूटिंग !

सेठ,मुंशी : प्रणाम महाराज बैठिए । **(सेठ जेब से पैसे निकालता है पहले ₹10 ₹50 फिर ₹100महाराज हर बार मना करते हैं फिर ₹500 दिखाने पर ले लेते हैं)** यह लीजिए दक्षिणा महाराज ।

महाराज : महाराज ! कहीं तुमने मुझे पहचान तो नहीं लिया ?

सेठ : पहचान लिया बाबा । एक आप ही हैं जो हमें फिल्म में रोल दिला सकते हैं । आप शूटिंग में जा रहे हो मुझे भी साथ ले लो ।

महाराज : अभी नहीं बच्चा इसके लिए अभी देर है ।

सेठ : क्यों फिल्म का मुहूर्त तो हो गया ना

महाराज : हाँ ।

सेठ : फिर तो मैं अवश्य रोल करूंगा ।

मुंशी : आप कौन सा रोल करेंगे ?

सेठ : बताओ बाबा मेरे लिए कौन सा रोल है ?

महाराज : अगर मैं डायरेक्टर होता तो तुम्हें सेठ का रोल देता ।

मुंशी : वो तो यह है ही !

महाराज : नहीं बच्चा ऐसा वैसा सेठ नहीं, एक दानी महान गरीबों की मदद करने वाला सेठ किए जा सबका भला । हरि ओम ।

मुंशी : इस रोल की उम्मीद इनसे मत कीजिए यह तो सपने में भी अपना पाद किसी को ना दे । **(खुद मुँह से आवाज निकालता है)**

महाराज : ऐसे नहीं पादते । मेरा मतलब है कि ऐसे नहीं कहते बच्चा । **(सेठ से)** एक दिन तू महान एक्टर बनेगा । पर याद रख तुम एक पैसा

दोगे वो दस लाख देगा। हरि बोल।

सेठ : (मुंशी को पकड़ कर पीछे करता है) मुंशी जी जरा इधर आइए ।

मुंशी : हाँ जी।

सेठ : मुंशी जी कहीं ये अपने ज्योतिषी बाबा के भेष में अपने महाराज तो नहीं ?

मुंशी : अभी चेक किए लेता हूँ (महाराज के पास जाकर) एक्सक्यूज मी बेजान दारूवाला आपका कॉस्टयूम बहुत बढ़िया है कहाँ से लिया ?

महाराज : भानु अथैया से । सारी फिल्म इंडस्ट्री उसी से डिजाइन करवाती है। पर लेकिन हम कुछ समझे नहीं ?

सेठ : (मुंशी को पकड़कर पीछे करते हैं और महाराज के नजदीक जा कर) मुंशी जी भी संन्यास लेने के मूड में घूम रहे हैं , इसलिए पूछ रहे हैं।

मुंशी : यह दाढ़ी यह मूछें असली है क्या ?

महाराज : सब असली है बच्चा। (दर्शकों से) असली क्या है नकली क्या है पूछो दिल से मेरे।

(सेठ और मुंशी महाराज को गौर से देखने के बाद आपस में थोड़ा कानाफूसी करते हैं)

मुंशी : समझ नहीं आ रहा । कभी लगता है कि महाराज है, कभी लगता है कि ज्योतिषी बाबा है।

सेठ : अरे अगर यह ज्योतिषी बाबा है तो इसका पिंजरा और कबूतर कहाँ है ?

(महाराज दूर खड़े गर्दन घुमा कर कुछ सुनने की कोशिश कर रहे हैं)

मुंशी : उसने कहा नहीं था कि वह फेस रीडिंग से सब बताता है, उसमें कबूतर की क्या जरूरत?

महाराज : (आगे आकर दर्शको से) लगता है इन्हें मुझ पर शक हो गया है। इससे पहले कि शक यकीन में बदले मुझे चले जाना चाहिए। हरि बोल (लंबे लंबे डग भर कर चोरी छिपे जा रहे हैं)

सेठ : अरे बाबा कहाँ जा रहे हो ?

महाराज : जाऊं कहाँ बता ए दिल दुनिया बड़ी है रंग दिल .....

सेठ : रंग दिल नहीं संग दिल।

महाराज : रंग दिल ।

सेठ : संगदिल

महाराज : अबे हम संग दिल को रंग दिल कहते हैं (**कहते हुए बाहर चले जाते हैं)**

सेठ : **(मुंशी से)** मुंशी जी तुम्हें इसकी एग्जिट से नहीं लगा कि यह महाराज थे ?

[मंच के दूसरे भाग से गोपी अंदर आता है]

गोपी : मालिक ! भीतर आ सकते हैं ?

मुंशी : चले आओ ।

सेठ : क्या ? अरे पूछो तो सही, मुंशी की कौन है, और क्यों आया है ?

मुंशी : अब आप प्रियंका, सोनम, गोविंदा, सलमान , शाहरुख, आमिर तो हो नहीं कि इनकम टैक्स वाले छापा मारने आएंगे । फिर अगर वह आ भी गए तो पूछ कर अंदर थोड़ी आएंगे ।

सेठ : अबे क्यों डरा रहा है ? **(अब तक गोपी काफी अंदर आ चुका है)**

सेठ : कौन हो बालक ?

गोपी : बालक नहीं सेठ जी । हम गोपी हैं ।

मुंशी : कौन दिलीप कुमार या सुनील शेट्टी ?

गोपी : जी फिल्म वाले नहीं हमारा नाम गोपी है

मुंशी : अरे गोपी.... तो कहाँ है तुम्हारी टोपी ?

गोपी : हम क्या टोपी पहनेंगे ? अब तो यह धोती तक बिकने की नौबत आ गई है।

मुंशी : मैं पार्ट टाइम में एंटीक चीजें बिकवाता हूँ। कहो तो कल मंगल बाजार में तेरी धोती की बोली लगवा दूं । **(गोपी की धोती नीचे से पकड़ कर खींचते हुए बोलता हैऔर गोपी अपने धोती बचाने की कोशिश कर रहा है)** लाइट, साउंड, कैमरा, एक्शन। ये वो धोती है दोस्तों जो अमेरिका के राष्ट्रपति ओबामा ने अपनी सुहागरात को पहनी थी ।

गोपी : लेकिन वह तो पैंट पहनते हैं

मुंशी : यहाँ के खरीदारों को क्या पता ?

गोपी : मैं यहाँ कुछ मांगने आया था और आप हैं कि मेरी धोती की बोली लगा रहे हैं !

सेठ : अरे काहे सेंटीमेंटलवा हुआ जा रहा है गोपी, जरा हमसे कहिए कोनो तकलीफ में हो। हमऊ तोहार मदद करबे।

गोपी : बहुत बहुत मेहरबानी, आपने इतना कहा यह भी क्या कम है ? वरना कौन ....

मुंशी : नहीं गोपी, अपने सेठ जी तो बहुत दानवीर है, कर्ण है कर्ण। तुम कहो तो...

गोपी : हमें तो कहते हुए शर्म आती है

मुंशी : क्यों इज्जत लुट गई क्या ?

सेठ : **(डांटते हुए)** मुंशी !

मुंशी : जी वह गरीब की इज्जत .....

सेठ : बस मुंशी, पहले इन्हें बोलने तो दीजिए।**(गोपी से)** क्यों शरमा रहे हैं ?

गोपी : अगर कुछ काम मिल जाता तो .....

मुंशी : हा हा हा क्यों नहीं ? हमारे यहाँ सुपर कंप्यूटर पर कंप्यूटर ऑपरेटर की जगह खाली है मिस रोज़ी कल ही छोड़कर गई है।

गोपी : दो दिन से चूल्हा नहीं जला सेठ जी ....

सेठ : एक माचिस की तिल्ली दो इसे।

मुंशी : ले आग लगा ले तिल्ली से।

गोपी : जी क्या ?

सेठ : तो हमसे क्या चाहते हो ?

गोपी : अगर कुछ मदद मिल जाती ....

मुंशी : अरे यहाँ क्या गुरु पूरब का लंगर चल रहा है जो प्रसाद छकने आ गया ?

गोपी : अब हम क्या कहें साहब ?

सेठ : गोपी, एक तो तुम पढ़े लिखे नहीं हो, फिर तुम डायलॉग भी भारत भूषण की तरह बोलते हो अब हम तुम्हें क्या काम दे ?

गोपी : कुछ भी दे दीजिए। हम आपका काम तमाम कर देंगे।

सेठ,मुंशी : अबे क्या ?

गोपी : अनपढ़ हूँ ना, मुहावरा ठीक से नहीं बोल सका। मेरा मतलब था सेठ जी आपका तमाम काम कर देंगे।

सेठ : एक्शन (**पंडित की तरह मंत्र पड़ता है उस तरह आगे के संवाद सेठ और मुंशी बोलते है)** दरअसल बात यह है गोपी, हमारे यहाँ हर काम के लिए अलग-अलग नौकर हैं। फिर कोई भी डिपार्टमेंट खाली नहीं है।

मुंशी : हमने कोई एंप्लॉयमेंट एक्सचेंज तो नहीं खोल रखा। अब तुम ही कहो गोपी तुम्हारे लिए सेठ जी कोई वैकेंसी क्रिएट करने से तो रहे।

गोपी : अरे क्या कहते हो सेठ जी हम आपको स्कूल छोड़ आएंगे और आपके बच्चों के पैर दबा देंगे।

सेठ : अबे क्या ?

गोपी : जी बच्चों को स्कूल छोड़ आएंगे और आपके शरीर के सभी अंग दबा देंगे और मालकिन को अच्छे अच्छे भजन सुनाएंगे।

सेठ : अरे वो डिस्को राक सुनने वाली के भजन सुनेगी ! अभी कल ही सोनू निगम का प्रोग्राम देख कर आई है।

मुंशी : देखो गोपी अच्छा होगा यदि तुम कोई दूसरा घर देखो।

गोपी : जब आप जैसे सेठ जी कर्ण, दानवीर कर्ण ! यही नाम बताया था ना आपने। जब कर्ण के घर से कुछ नहीं मिला तो और फिर क्या दुर्योधन के घर से मिलेगा।

मुंशी : लाइट, साउंड, कैमरा , एक्शन। सीन सिंधी।

सेठ : वडी साईं गोपी, चलो बाहर जाओ नी, यहाँ कुछ मांगने आया है या डीडी इंडिया पर महाभारत दिखाने। वड़ी मुंशी जी इसे बाहर का रास्ता दिखाओ नी।

गोपी : रहने दीजिए, कहीं नाजुक पैरों में मोच ना आ जाए। मैं खुद ही चला जाऊंगा, जैसे आया था वैसे ही चला जाऊंगा। जहां तीन दिन से भूखा था चार दिन और सही। हो सकता है कि कल किसी को तरस आ ही जाए।

सेठ : अब जा भी सही। क्या सारे डायलॉग तू ही बोलेगा ?

मुंशी : जा गोपी तेरी यहाँ एग्जिट है।

गोपी : मेरी एग्जिट है तो तुम्हारे पास कौन से डायलॉग बचे हैं। तुम्हारा सीन भी खत्म हो गया। चलो अब अगला सीन महाराज का है।

सेठ,मुंशी,गोपी : चलो अगले सीन में मिलते हैं एक अल्पविराम के बाद।

(दर्शको से कह कर बाहर जाते है)

<u>मध्यांतर</u>

6

[महाराज बुर्का पहने सड़क पर चल रहे हैं, दीवान पीछे से सीटी बजा कर छेड़ता है। मूक अभिनय यानी माईम में बीड़ी पी कर जूते से मसलता है]

दीवान : अरी ओ छम्मक छल्लो, छप्पन छुरी कहाँ चली ? अरे रुक तो, एक बार इस दीवान को खुश कर दोगी तो महाराज से कहकर दरबार में रकासा लगवा दूंगा।

महाराज : **(दीवान को थप्पड़ मारते हैं दीवान नीचे गिरता है फिर महाराज बुरका मुँह से उठाते हैं)** चटाक । दीवान जी ! तो तुम हमें हमारे दरबार में रक्कासा लगवाओगे । शर्म नहीं आती तुम्हें ! सारे बाजार में तुम हमारा पीछा करते रहे और आवारा बदमाशों की तरह हमें छोड़ रहे हो अभी पिछले नुक्कड़ पे गोलगप्पे की दुकान पर तुमने हमें चिकोटी भी काटी । हमने नजर अंदाज किया तो तुमने सरेआम हमारा चुम्मा ले लिया !

दीवान : क्षमा करें महाराज मुझसे बहुत बड़ी गलती हो गई मैं तो समझा कि.....

महाराज : दीवान कुछ भी हो तुम्हे हमारा चुम्मा नहीं लेना चाहिए था, अब अगर हम वो हो गए तो **(पेट पर हाथ रखते है)** गर्भवती । बस इस शर्म नाक हरकत के लिए हम तुम्हें नौकरी से बर्खास्त करते हैं ।

दीवान : क्या महाराज आप मुझे सिर्फ एक चुम्मे के लिए बर्खास्त कर देंगे ?

महाराज : बिल्कुल ! तुम्हे हमारा चुम्मा नहीं लेना चाहिए था ।

दीवान : ये तो कोई बड़ी बात नहीं है ?

महाराज : बड़ी बात नहीं है ? हमारे लिए तो बहुत बड़ी बात है । (गुस्से में) तुमने तो सरे आम हमारा मी टू कर दिया और तुम कह रहो हो के ये कोई बड़ी बात नहीं हैं । इस बदनामी से अच्छा है हम सुसाइड कर ले या तुम्हे नौकरी से निकाल दे । यू आर फायर्ड ।

दीवान : महाराज ना तो आप मनमोहन सिंह है और ना ही मैं खेल मंत्री। अगर आपने मुझे निकाला तो याद रखिए सीबीआई को आपके सारे घोटाले बता दूंगा । आपकी तो मिनिस्ट्री गई समझे !

महाराज : चल जा (और खुद बाहर की तरफ जाने लगते हैं) अबकी बार माफ किया आगे से ख्याल रखना (अपना बुर्का उतार कर फेंक देते हैं)

दीवान : ठीक है महाराज मैं आइंदा छेड़ने से पहले बुर्का खोल कर देख लिया करूंगा ।

महाराज : क्या कहा ?

दीवान : (महाराज के पास जाकर क्षमा मांगने की मुद्रा में) आगे से बुरके वालियों को नहीं छेड़ूंगा महाराज ।

महाराज : (बहुत गुस्से में) तो क्या सूट वालियों को छेड़ोगे ?

दीवान : (दर्शकों की तरफ मुँह करके) नहीं महाराज, आगे से सब बुरके वाली बहन है, माँ हैं, दादी हैं, बुआ हैं, फूफी हैं ।

महाराज : शाबाश !

दीवान : चाची है, काकी है ।

महाराज : (दीवान को थपथपाते हैं । वह खड़े खड़े वहीं घूम जाता है) शाबाश।

दीवान : लेकिन आपकी हैं ।

महाराज : (थप्पड़ मारते हैं एक बार फिर खड़े-खड़े घूम जाता है) चटाक । अबे क्या कहा ?

दीवान : (बोलते हुए आगे चलता है महाराज पीछा करते हैं) महाराज बात तो एक ही है । आपके रिश्तेदार मेरी भी तो रिश्तेदार लगी ।

महाराज : वो कैसे ?

दीवान : महाराज आप मुझे अपना भाई समझते हैं ।

महाराज : बिल्कुल, हमने तुम्हें हमेशा भाई की तरह दिया है ।

महाराज : क्या दिया है ?

दीवान : सम्मान दिया है, प्यार दिया है ।

महाराज : हाँ वो तो है ।

दीवान : भैया ! (गले मिलते हैं, दीवान महाराज को गले मिलते मिलते अपनी दाईं तरफ करता है) कभी-कभी तो मुझे लगता है कि हम दो भाई बचपन में कुंभ के मेले में बिछड़ गए थे और फिर अचानक जैसे मिल गए हो । एक भाई राजा बन गया और दूसरा दीवान।

महाराज : मनमोहन देसाई का लॉस्ट एंड फाउंड फार्मूला लगता है।

दीवान : अगर हम भाई हैं तो इस रिश्ते से आप की बुआ मेरी क्या लगी ?

महाराज : बुआ ।

दीवान : आप की चाची मेरी क्या लगी ?

महाराज : चाची ।

दीवान : आपकी दादी मेरी क्या लगी ?

महाराज : दादी ।

दीवान : आपकी बीवी मेरी क्या लगी ?

महाराज : तेरी बहन लगी मेरे साले अब हम इतने भी बेवकूफ नहीं है कि रिश्ते भी ना समझे ।

दीवान : वेरी गुड महाराज मैं तो आपका टेस्ट ले रहा था। दस में से दस। अब आप यहीं खड़े रहेंगे या आज का अभियान भी पूरा करेंगे।

महाराज : ठीक है, तो क्या है हमारा आज का बनियान ?

दीवान : बनियान नहीं महाराज अभियान

महाराज : बनियान ।

दीवान : अभियान ।

महाराज : दीवान जी हम अभियान को बनियान कहते हैं ।

दीवान : धन्य हो प्रभु !

महाराज : लेकिन मेरी समझ में नहीं आ रहा कि हम आज किसके घर जाएं ?

दीवान : मेरी मानिए तो आडवाणी के घर चले जाएं ।

महाराज : अबे वह विरोधी पार्टी में है

दीवान : तो क्या हुआ ? चुनाव कभी भी हो सकते हैं। कौन जाने कब आप नीचे हो और वह ऊपर ।

महाराज : क्या ?

दीवान : कब वो कुर्सी पर हो और आप नीचे। यही कह रहा था महाराज ।

महाराज : हम भेष बदल कर अपनी प्रजा के दुख दर्द जानने आए हैं और तुम हो कि....

दीवान : अब जैसी आपकी मर्जी । आप अकल मंद हैं

महाराज : तुम हमें अकल मंद की जगह इंटेलिजेंट कहा करो अंग्रेजी में ज्यादा रोग दार लगता है ।

दीवान : रोगदार नहीं रोबदार महाराज । **(दर्शको से)** है अब कौन मगज खपाई करे रोगदार ही सही तो चले इंटेलीजेनट महाराज ।

महाराज : बेटे दीवान अबकी बार तुमने हमें टोका नहीं के रोगदार नहीं रोबदार कहते है ?

दीवान : वो मूड नहीं था महाराज ।

महाराज : अच्छा तो अब ये नाटक तुम्हारे मूड के हिसाब से चलेगा ? जब लाफ्टर मिल सकता है तो गंवाना क्यूँ ? आगे से ख़याल रहे दीवान जी !

दीवान : जी ।

महाराज : दीवान मेरा ख्याल है कि आज का आईडिया पोस्टमैन किया जाए ।

दीवान : पोस्टमैन ऑयल क्यों ? डालडा वनस्पति क्यों नहीं ?

महाराज : अबे डालडा वाला पोस्ट मैन नहीं । एक्सटेंड करने वाला पोस्टमैन । आइडिया पोस्टमैन किया जाए ।

दीवान : समझा समझा आपकी बात का अर्थ है कि आईडिया पोस्टपोंड किया जाए ।

महाराज : ना ब्रुक बॉन्ड ना जेम्स बॉन्ड ना पोस्टपोंड, मैं कहूँगा पोस्ट मैंन तुम कहोगे आइडिया पोस्टपोंड। हम फिर कहेंगे आइडिया पोस्ट मैंन। तुम फिर कहोगे पोस्टपोंड और हम फिर विजयी घोष में कहेंगे कि

हम पोस्टपोंड को पोस्टमैन कहते हैं **(यह सब एक ही सांस में बोलने के कारण सांस चढ़ी हुई है)**

दीवान : सांस तो ले लीजिये महाराज । मैं जानता हूँ कि आप आइडिया पोस्टपोंड करने को ही आईडिया पोस्टमैन कहते हैं।

महाराज : तुम्हे तो पता है कि हमारी अंग्रेजी में फीस माफ थी।

दीवान : आपकी फुल फी कंसेशन के चक्कर में मुझे अपनी अंग्रेजी बिगड़ती नजर आ रही है।

महाराज : दीवान मैं सोचता हूँ कि तुम हमसे ट्यूशन रख लो ।

दीवान : महाराज मेरा ख्याल है कि ट्यूशन की जरूरत मुझसे ज्यादा तो आपको है

महाराज : क्या ? तुम से ज्यादा हमें है ?

दीवान : नहीं महाराज मैं कह रहा था कि मुझसे ज्यादा मेरे बच्चों को है। वैसे भी ट्यूशन वाले सतर अस्सी हजार रुपए कमा रहे हैं ।

महाराज : ठीक है ठीक है अब ज्यादा फुटेज मत खाओ और जल्दी से किसी के भी घर में घुस चलो ठंड लग रही है ।

दीवान : तो अभी गर्म किए देता हूँ ।

महाराज : क्या ?

दीवान : ठंड लग रही है तो ठेके है चलते हैं महाराज। ओह सॉरी मेरी लॉरी। ठेके तो बंद है। आप चाहे तो ठंड भगाने का कुछ और जुगाड़ कर दूँ।

महाराज : जुगाड़ !

दीवान : नहीं समझे महाराज ?

महाराज : नहीं !

दीवान : मतलब यानी पैसे डबल लगेंगे, यह लीजिए (अपनी जेब में **से निकाल कर देता है)** अध्दा । आप चाहे तो अंटी में दूसरी तरफ पव्वा भी है।

महाराज : तुम जानते हो मनाही है, बैन कर रखा है हमने, और तुम खुद ब्लैक कर रहे हो वह भी हमें ।

दीवान : अब ये ब्लैक एंड व्हाइट छोड़िए। यह रेड एंड व्हाइट का जमाना है और यह लीजिये डॉक्टर का परमिट। फिर आप तो दवाई पी

रहे हैं ना, ठंड ज्यादा है।

महाराज : बेवकूफ हमारा मतलब था कि ठंड है तो इस घर में चलते हैं और ....

दीवान : अंदर जाकर उनका कंबल छीन लेते हैं।

महाराज : बेवकूफ। चलकर आग का सेक ले लेंगे और ठंड भाग जाएगी।

दीवान : लेकिन यह घर है किसका ?

महाराज : अब उससे क्या फर्क पड़ता है ?

दीवान : फर्क तो नहीं पड़ता लेकिन ...

महाराज : बिल क्लिंटन का तो नहीं है ना ?

दीवान : जी नहीं ।

महाराज : और वह मायावती का तो नहीं है ना ?

दीवान : जी नहीं ।

महाराज : तो फिर सोचता क्या है ? खट खटा दे दरवाजा ।

दीवान: (माईम में जाकर दरवाजा खटखटाता है)

महाराज : ऐसे तो सात जन्म में भी नहीं खुलेगा । जोर से खटखटा

(महाराज और दीवान दोनों, गोपी और धन्नो के घर के आगे खट खटा रहे है।)

दीवान : (मुँह से बोलता है) खट खट खट ।

गोपी : (अंदर से पूछता है) कौन है ?

महाराज : मुसाफिर है भाई ।

श्रीमती गोपी धन्नो : (बाहर आकर) तो यहाँ क्या धर्मशाला समझ कर आए हो ?

दीवान : नहीं संसद भवन समझ कर आए हैं ।

धन्नो : तो क्या महिलाओं के लिए आरक्षण मांगने आया है ? हट हट हट **(जैसे कुत्ते को भगा रही हो)**

गोपी : (बाहर आकर) अरी ओ धन्नो, मेरी भागवान, मेहमान भगवान होता है ।

धन्नो : घर में खुद के खाने के लिए तो कुछ है नहीं । मेहमान को कहाँ से खिलाएंगे ?

गोपी : हो सकता है वह शेर-ए-पंजाब ढाबे से खा कर आये हो । या फिर उन्हें भूख ही ना हो ।

धन्नो : प्वाइंट ।

गोपी : यह भी हो सकता है कि वह हमारे लिए कुछ लाये हों ......

धन्नो : लाएंगे क्या कद्दू ?

गोपी : या फिर कल जाते-जाते दक्षिणा स्वरूप कुछ दे ही जाए ।

धन्नो : यह तो मैंने सोचा ही नहीं था, तुम्हारे मुँह में घी के दो बड़े बड़े झूठ मूठ के बेसन के लड्डू।

गोपी : थैंक यू । ये तो हल्दीराम से भी ज्यादा टेस्टी है।

महाराज : चलो दोस्त मेरा ख्याल है कि हमें दूसरे घर चलना होगा। शायद इस राज्य में कोई तो घर होगा जहां हमें आश्रय मिल सके।

दीवाना : चलिए ऐसा ही सही **(अंधा बनकर भिखारियों की तरह जोर जोर से चिल्ला रहा है)** ए भाई कोई है जो हमें रात भर के लिए आसरा दे दे । ए भाई कोई तो दरवाजा खोलो भाई । रघुपति राघव राजाराम पतित पावन सीताराम।

गोपी : क्यों हमारे घर के बाहर हमे शर्मिंदा कर रहे हो ?

दीवान : अरे कौन है भाई जिसे हम पर आखिर तरस आ ही गया । कहाँ हो भाई ?

महाराज : चटाक । बदतमीज । अब क्यों ये एक्टिंग कर रहा है ?

दीवान : मैंने सोचा शायद मुझे भी कभी फिल्म फेयर अवार्ड मिल जाए ?

गोपी : आओ मित्र ।

महाराज : मित्र ! हमें आज तक इस शब्द से किसी ने नहीं पुकारा ।

गोपी : मैं पुकारूंगा । आओ मित्र गले मिले **(महाराज से गले मिलने के बाद दीवान से गले लगता है)** आओ मित्र के मित्र। मेरा नाम है गोपी और यह है मेरी पत्नी धन्नो ।

दीवान : तो आप की घोड़ी का नाम बसंती होगा और शर्तिया आपके दो बच्चे होंगे जय और वीरू । अबे ओ रमेश सिप्पी 25 साल के बाद भी शोले को नहीं भूला ।

गोपी : इस गरीबी में खुद का गुजारा बड़ी मुश्किल से होता है तो परिवार कहाँ से होगा और फिर हम तो लिविंग टूगेदर में यकीन करते हैं ।

महाराज : अरे वाह । हमारे राज्य में भी ये प्रथा चल पड़ी !

गोपी : आप आइए ना इधर आए ।

धन्नो : यह हमारा दस बाई बारह का ड्राइंग रूम है। इधर इस कोने में सोफा पड़ा रहता था और उधर दीवान पड़ा था ।

महाराज : अबे दीवान तू यहाँ पढ़ा था।

दीवान : महाराज ! मैंने तो पढ़ाई की ही नहीं।

धन्नो : पड़ा मतलब रखा था, और यहाँ था एक अठ्ठाहर कुर्सी वाला डायनिंग टेबल । जरूरत नहीं थी तो हमने ऐश्वर्या की लड़की हुई तो उसे गिफ्ट कर दिया।

दीवान : सुना है ऐश अपनी बेटी को उसी डायनिंग टेबल पर कत्थक डांस की प्रैक्टिस करा रही है।

महाराज : अबे वह ठीक से चल नहीं सकती ....

दीवान : ओह सॉरी मेरी लॉरी।

धन्नो : अब आराम से खुला कमरा है और जिस में रहते हैं हम दो हमारा कोई नहीं ।

दीवान : वाह क्या नारा दिया है " हम दो हमारा कोई नहीं" बहुत बढ़िया, बहुत बढ़िया, बहुत ही बढ़िया।

महाराज : हमारे चाचा ने एक नारा दिया था "दो या तीन बच्चे होते हैं घर में अच्छे"।

दीवान : पर लेकिन, किन्तु परन्तु आपकी माता ने एक नारा दिया "हम दो हमारे दो" ।

महाराज : और फिर एक नारा हमने दिया ""हम दो हमारा एक"।

दीवान : और खुद के घर में मियां बीवी और 9 बच्चे !

महाराज : मियां बीवी और 9 बच्चे यह तो किसी पिक्चर का नाम लगता है ।

दीवान : अबे लालू प्रसाद यह पिक्चर तेरे ही घर में बन रही है ।

महाराज : क्या कहा ?

दीवान : ऐब सेलयूटली रेट, आपका नारा बिल्कुल सही है । हम दो हमारा कोई नहीं ?

गोपी : अरे मित्रों आपने तो अपना परिचय दिया ही नहीं ।

महाराज : क्या इतना काफी नहीं है कि हम तुम्हारे मित्र हैं !

दीवान : वैसे इनका नाम है एम मित्रा और मेरा नाम है, डी मित्रा ।

माय सेल्फ डी मित्रा फुलस्टाप ।

धन्नो : जी क्या मतलब ?

दीवान : मतलब ये भाभी जी,प्यारी प्यारी भाभी जी, के एम मित्रा मतलब महाराज मित्रा और डी मित्रा मतलब दीवान मित्रा।

महाराज : **(एकदम बात काटते हुए हंसते हैं)** महाराज और दीवान मित्रा तो हमारा नाम है ,बस वैसे कुछ नहीं । वोह ...

गोपी : आप लोग नहा धोकर फ्रेश को लीजिए । इन्हें जरा फिल्मी सितारों का सौंदर्य साबुन लक्स देना !

दीवान : नहाना तो दूर की बात है, हम लोग तो हाथ मुँह भी होली के होली धोते हैं ।

महाराज : बेवकूफ। **(गोपी से)** इसका मतलब है कि हम फ्रेश ही हैं।

धन्नो : फिर भी अगर आप चाहे तो बाहर कुआं है, बाल्टी रखी होगी वहाँ ।

महाराज : तो क्या आप कुएं से पानी भरते हैं ?

दीवान : क्या करें महाराज आपके राज्य में पानी बिना टुल्लू पंप और मोटर के आता ही नहीं । फिर ऊपर से लाइट का कट चल रहा है ना । इसलिए कुएं से खींचना पड़ेगा।

गोपी : मैं ज़रा आपके लिए चाय का इंतजाम .....

दीवान : चाय वाय छोड़िए पहले खाना खा लेते हैं । चाय बाद में पी लेंगे ।

धन्नो : गोपी डार्लिंग जिसका डर था वही हुआ है ! खाना **(दोनों आपस में खुसुर फुसुर करते है)**

महाराज : खाना तो डी मित्रा ही खाएंगे, मैं तो डाइटिंग पर हूँ सो सलाद और सूप पर ही जिंदा हूँ ।

धन्नो : जरा सुनिए **(इशारे से पास बुलाती है)** मैंने कहा ही था तुमसे यह तो लगता है कि पैदा ही भूखे नंगो के खानदान में हुए हैं ।

गोपी : अब हमसे बड़ा भूखा कौन होगा ?

धन्नो : क्यों अपने देश के पॉलिटिशन भी तो हैं ?

गोपी : अब बेकार की बहस छोड़ो और कुछ खाने-पीने का इंतजाम करो ।

धन्नो : खाने का इंतजाम करें मेरी जूती !

गोपी : जरा धीरे बोलो घर में कुछ तो पड़ा होगा ।

धन्नो : क्यों किसी से डरती हूँ क्या ? खुद के लिए खाने को है नहीं और ऊपर से बिन बुलाए मेहमान ।

गोपी : अगर अभी तुम्हारी माँ जाती ?

धन्नो : तो भी मेरा यही जवाब था। तंग आ गई हूँ मैं इस जीवन से। कई बार दिल में आया कि इस कुएं में कूदकर खुदकुशी कर लूं ।

गोपी : जा कूद। लेकिन ये कुआं नहीं स्टेज है ।

महाराज : अबे डी मित्रा, करवा दिया ना मियां बीवी में झगड़ा।

दीवान : झगड़ा कहाँ महाराज ये तो रोज का प्रोग्राम है। घर में टीवी नहीं होगा तो आपस में ही कल्चरल प्रोग्राम की रिहर्सल कर लेते होंगे । मैं तो सोचता हूँ कि कल ही आई एंड बी मिनिस्टरी से कहकर यहाँ दो कैमरे फिट करवा देता हूँ, फिर चलने दो लाइव टेलीकास्ट।

महाराज : या फिर ये कांसेप्ट एकता कपूर को दे दो वो इन पर दो हज़ार एपिसोड का सीरियल बना देगी ।

गोपी : **(महाराज के पास जाकर)** आप थोड़ी देर इंतजार करें मैं अभी भोजन का इंतजाम किए देता हूँ ।

दीवान : देख लेना भाई गोपी, खाने में मिर्च ज्यादा ना हो और स्वीट डिश में मीठा ज्यादा ना हो, एम मित्रा को शुगर की बीमारी है ।

गोपी : आप बेफिक्र रहे । **(दीवान से)** आओ धन्नो । **(धन्नो से)**

(गोपी और धन्नो दोनों बाहर जाते हैं)

महाराज : दीवान जी, क्या हम ये ठीक कर रहे हैं ?

दीवान : ठीक और गलत छोड़िए महाराज । पेट में चूहे कूद रहे हैं या नहीं ?

महाराज : वो तो है ।

दीवान : फिर रात इतनी हो चुकी है कि सारे ढाबे भी बंद हो चुके हैं, और महारानी तो आपके लिए इस समय महल में खाना बनाने से रही।

महाराज : वह तो वैसे भी नाराज होकर मायके गई हुई है । मैं तो खुद ही कई दिनों से मैंगी बना बना कर खा रहा हूँ।

दीवान : अब आए हैं तो खाना खा कर ही जाएंगे। आज आप गरीबों का भी खाना खा कर देख लो। वैसे तो अक्सर फाइव स्टार होटल में टेबल पर बैठ कर खाते हैं। आज यहाँ सही।

महाराज : दीवान जी आप अंदर जाकर प्याज , आलू कटवाने में मदद करें।

दीवान : प्याज !

महाराज : क्यों प्याज काटना नहीं आता ?

दीवान : वह बात नहीं है । आपकी सेवा में आने से पहले मैं अशोका होटल में कुक ही था।

महाराज : लंबी लंबी मत फैंको और अंदर जाकर मदद करो।

दीवान : मैं सोच रहा था कि घर चलते हैं, इन्हें क्यों परेशान करें ?

महाराज : **(दीवान जी के अंदाज़ में उन्ही का डायलाग दोहराते है)** नहीं दीवान जी, आए हैं तो खाना खा कर ही जाएंगे । **(उन्हें चिढ़ाते हुए)** कभी गरीबों का भी खाना खाना चाहिए ।

दीवान : ठीक है मैं प्याज छिलवाता हूँ ।

महाराज : और मैं जाकर बाजार से पापड़ ले आऊं। मुझे बिना पापड़ के खाना अच्छा नहीं लगता ।

दीवान : लिज्ज़त पापड़, इज्ज़त पापड़ हैं हैsssss ।

(गाना)

गोपी हुआ परेशान , गोपी हुआ परेशान
करना था इंतजाम खाने का जी जी जी
मांग मांग के थका बेचारा
आखिर कुछ भी समझ ना आया।
जी जी रे जी जी रे जी जी
कैसे मित्र को भूखा रखे

मित्र की खातिर, जान हथेली पे रख आया
सेठ के घर चोरी करके
भरपेट खाना मित्रों को खिलाया
जी जी रे जी जी रे जी जी।

7

[गोपी का मंच पर प्रवेश पीछे पीछे धन्नो भी आती है।]

गोपी : अब इन दोनों को खाना कैसे खिलाएं ? कहीं ना कहीं से तो इंतजाम करना ही पड़ेगा।

धन्नो : अब अपने आप से बड़–बड़ मत करो और कहीं से भी खाने पीने का सामान लेकर आओ

गोपी : वही तो सोच रहा हूँ ।

धन्नो : सोचते रहे तो फिर देखते रह जाओगे ।

गोपी : फिर क्या करूं ?

धन्नो : ऐसा करो तुम लेफ्ट पड़ोसी से मांगो मैं राइट नेबर से मांगती हूँ।

(दोनों मूक अभिनय से पड़ोसी के दरवाजे खटखटाते है)

गोपी : चड्ढा साहब, चड्ढा साहब।

धन्नो : श्रीमती बग्गा !

चड्ढा : कौन है इतनी रात को ? **(बाहर आकर नाइट ड्रेस में है)**

श्रीमती बग्गा : सोने भी नहीं देते ।

गोपी : मैं हूँ गोपी ।

धन्नो : मैं हूँ धन्नो।

चड्ढा : बोलो भाई ?

श्रीमती बग्गा : क्या हुआ ?

गोपी : इतनी रात में आने के लिए ...

धन्नो : माफी चाहती हूँ .....

गोपी : अचानक हमारे घर मैं नजदीक के .....

धन्नो : दूर के कुछ मेहमान आ गए हैं ....

चड्ढा : फिर ?

श्रीमती बग्गा: फिर ?

गोपी : आप भले लोग हैं ।

धन्नो : फिर हमारे पड़ोसी हैं ....

गोपी : जरूरत के वक्त एक पड़ोसी ....

धन्नो : दूसरे पड़ोसी के पास नहीं तो कहाँ जाएगा ?

चड्ढा : हां हां बोलो बोलो ....

श्रीमती बग्गा : हां हां बोलो बोलो ....

गोपी : हमारे घर में ना तो खाने को कुछ है ......

धन्नो : और ना ही कुछ पकाने को है ।

गोपी : अगर थोड़ा सा आटा ....

धन्नो : चुटकी भर नमक ...

गोपी : मिर्च .....

धन्नो : धनिया ....

गोपी : आलू ...

धन्नो : रत्ती भर घी ....

गोपी : थोड़ी सी दाल ।

धन्नो : एक कटोरा चावल ।

गोपी : एक लीटर घासलेट ....

धन्नो : मिल जाता तो मेहरबानी होगी ।

चड्ढा : यह तो (**नींद की उबासी लेता है)** बहुत अच्छी बात है कि आपके मेहमान आए हैं ।

श्रीमती बग्गा : मेहमान तो आते रहते हैं ।

चड्ढा : अब रात बहुत हो चुकी है ।

श्रीमती बग्गा : नौकर सारे सो चुके हैं ।

चड्ढा : फिर अपने पास इतना राशन तो नहीं होगा ......

श्रीमती बग्गा : मुझे तो तुम्हारे मांगने पर ताज्जुब हो रहा है !

चड्ढा : सुबह तक रुक जाओ ।

श्रीमती बग्गा : बेशर्मी की हद है। हमने तो आज तक तुमसे कुछ नहीं मांगा ।

धन्नो : क्यों झूठ बोलती हो ? कितनी बार लिपस्टिक, पाउडर, क्रीम तुम मांग मांग कर ले जाती रही हो ?

गोपी : आड़े वक्त में मैंने आपकी बहुत मदद की है।

चड्ढा : दोस्त गोपी मुझे बहुत नींद आ रही है।

गोपी : कुछ तो मदद कर देते।

चड्ढा : ट्राय टू अंडरस्टैंड मी गोपी। अरे यार अंदर बीवी इंतजार कर रही है मेरा, क्यों बने बनाए मूड का सत्यानाश करते हो ?

श्रीमती बग्गा : ठीक है ठीक है, अगर एक दो बार तुम्हारी लिपस्टिक लगा ली तो क्या हो गया कल ले जाना आपनी लिपस्टिक।

चड्ढा : गुड नाइट ।

श्रीमती बग्गा : शुभ रात्रि शब्बा खैर **(दोनों अपने अपने घर में घुस जाते हैं)**

गोपी : अब तो एक ही रास्ता है ।

धन्नो : क्या ?

गोपी : मैं सेठ जी के घर फिर जाता हूँ।

धन्नो : सेठ और मुंशी ने तो तुम्हें पहले ही धक्के देकर भगा दिया था ।

गोपी : अबकी बार मैं चुपचाप जाऊंगा। सेठानी सो रही होगी। सेठ और मुंशी तो वैसे ही दूसरे गांव में सैंया भये कोतवाल तमाशा खेलने गए हैं।

धन्नो : मैं तुम्हें यह बेवकूफी नहीं करने दूंगी। अगर सेठानी ने तुम्हें पकड़ लिया तो ?

गोपी : तो मैं मौके का फायदा उठा लूंगा !

धन्नो : क्या ?

गोपी : तो मैं किसी भी तरह मौका देख कर भाग लूंगा ये कह रहा था।

धन्नो : तुम्हें इस वक्त भी मजाक सूझ रहा है ?

गोपी : मैं क्या करू नाटक ही कॉमेडी है फिर तमाशा

धन्नो : लेकिन ..

गोपी : लेकिन वेकिन कुछ नहीं, मेहमानों से कह चुके हैं कि खाने का इंतजाम हो जाएगा अब मैं अपने मेहमानों को भूखा कैसे रखूं ?

धन्नो : एक बार फिर सोच लो ।

गोपी : **(थोड़ी देर सोचने के बाद)** सोच लिया ।

धन्नो : क्या सोचा ?

गोपी : धन्नो ये चोरी मैं अपने लिए नहीं, अपने मित्रों के लिए कर रहा हूँ । तू घर जा । मैं 10 मिनट में सारा सामान लेकर आता हूँ ।

धन्नो : ओके योर टाइम स्टार्ट नाऊ । एक बार फिर सोच लो तुम जानते हो कल से लोग तुम्हें चोर कहेंगे और मुझे चोरनी।

गोपी : ठीक है मेरी बबली। आज से मेरा नाम बंटी और तुम्हारा बबली। बंटी और बबली।

धन्नो : आखरी बार फिर भी सोच लो। सनसनी, वारदात न जाने कितने प्रोग्राम में हमारी न्यूज फ्लैश होगी।

गोपी : मुझे डगमगा मत। कल जो होगा देखा जाएगा। कल और आज के बीच में अभी ये रात बाकी है । **(युद्ध का संगीत बजता है धन्नो गोपी को तिलक करती है।)**

(गीत जिसमे गोपी के चोरी करने का जिक्र है)

अन्धकार ।

8

[महाराज अपने सिंहासन पर बैठेलालीपॉप खा रहे हैं। दीवान स्टेज के दाहिने भाग से आकर उन्हें सलाम करता है]

दीवान : महाराज आपसे कोई मिलने आया है ?

महाराज : कौन आया मेरे मन के द्वारे ?

दीवान : कोई पी.के. आया है ?

महाराज : पीके ? हमारे राज्य में पीके आया है ? क्या तुम जानते नहीं हमारे यहाँ पीना मना है ? हमारे अलावा कोई नहीं पी सकता।

दीवान : क्या महाराज ? पीने वाला पीके नहीं, पी.के. उसका नाम है।

महाराज : ठीक है बुलाओ उसे (दीवान जी जैसे ही पी.के. पत्रकार को बुलाने के लिए आगे बढ़ता है पी.के. उसे लांघ कर महाराज के पास पहुंच जाता है)

पी.के. : (बहुत ही दोस्ताना अंदाज में) और भाई क्या हाल-चाल है ? मिनिस्ट्री कैसी चल रही है ? मौज आ रही है ?

महाराज : (आश्चर्य से) हैंsss मिनिस्ट्री कैसी चल रही है ? मौज आ रही है ! यह कोई बात करने का तरीका है ?

दीवान : (पी.के. के पास जाकर) महाराज से दूर खड़ा हो कर बात कर।

पी. के. : पत्रकार हूँ मैं। मीडिया।

दीवान : सरकार तो नहीं है ना। यह हमारे महाराज हैं।

पी.के.: हमारे यहाँ महाराज खाना पकाने वाले को कहते हैं।

दीवान : अबे ओये, हमारे महाराज की तुलना बावर्ची से कर रहा है।

महाराज : बावर्ची मतलब दीवान जी ?

दीवान : बावर्ची मतलब राजेश खन्ना, हीरो नंबर 1 गोविंदा , यानी बटलर।

महाराज : दीवान जी इधर आइए। इसने हमें बटलर कहा। दीवान जी इसकी पेंट कमीज उतारो और इसे पूरे राज्य में घुमाओ।

दीवान : पैंट कमीज उतार कर सेल लगानी है क्या ?

पी.के.: ऐसा मत करना महाराज ।

दीवान : क्यों नीचे कुछ नहीं पहना क्या ?

पी. के.: कैसी बात करते हो दीवान जी ?

महाराज : दीवान जी हमें लगता है हमने इसे पहले कहीं देखा है ?

दीवान : बिल्कुल देखा होगा ये अक्सर महारानी के बेडरूम में आया जाया करता था ।

महाराज : अबे तू जानता भी है क्या कह रहा है ?

दीवान : जी महाराज ये महारानी के बेडरूम में ....

महाराज : नहीं नहीं ।

दीवान : नहीं क्यों ? अब अखबार वाला बेडरूम में ही तो जाएगा। जहां महारानी स्टडी करती थी।

महाराज : **(दीवान को एक एक करके तीन थप्पड़ लगाते हैं और वह उछल कर दूर गिरता है)** चटाक एक, चटाक दो, चटाक तीन । अबे उसे बैडरूम नहीं स्टडी रूम कहते हैं।

दीवान : मेरा भी वही मतलब था। महाराज अब मैं कहता स्टडी रूम गया था। आप कहते कि नहीं बेडरूम गया था हम स्टडी रूम को बैडरूम कहते हैं। मेरा भी वही मतलब था। महाराज! महारानी को पढ़ने का बहुत शौक है ना, तो यह वहाँ अखबार बेचने जाता था। नवभारत ले लो, हिंदुस्तान ले लो , इंडियन एक्सप्रेस ले लो, पंजाब केसरी ले लो, अखबार ले लो अखबार....

पी.के. : **(महाराज के पास जाकर उनके कान में फुसफुसाता है।)**

महाराज : जोर से बोलो भाई ।

पी. के. : **(बहुत जोर से बोलता है)** आई एम पत्रकार।

महाराज : अबे कान का ना जाने क्या क्या फाड़ दिया ? (कान में उंगली डालकरठीककरते हैं) दीवान जी यह तो कह रहा है कि यह जाना माना चित्रहार है।

दीवान : चित्रहार को तो बंद हुए एक जमाना हो गया। चित्रहार नहीं ये पत्रकार है महाराज।

महाराज : क्या कहा पुत्र कार ?

दीवान : पुत्र कार नहीं महाराज, पत्रकार।

महाराज : पुत्र कार

दीवान : पत्रकार

महाराज : दीवान नाटक का अंतिम अध्याय चल रहा है। हम पत्रकार को पुत्र कार कहते हैं। जिसका पर्यायवाची शब्द है चित्रकार।

पी. के. : मैं पत्रकार हूँ महाराज।

दीवान : झूठ बोलता है साला।

महाराज : किस का ?

दीवान : अपने जीजा का।

महाराज : तुझे पत्रकार बनाया किस गधे ने ?

पी. के. : आप ही ने महाराज।

महाराज : (मंच के नीचे की तरफ जाते हैं) क्या घोर अन्याय यह तो अपराध हो गया अब करें तो क्या करें ?

पी.के. : (महाराज के नजदीक जाकर प्रार्थना करने की मुद्रा में) मुझे संपादक बनाकर मेरी प्रमोशन कर दें।

महाराज : अबे बंद कर अपने लूज मोशन। हम तुझे पत्रकार बनाकर पछता रहे हैं और तू पुत्रकार, पत्रकार से संपादक बनना चाहता है।

दीवान : अबे ओ पुत्र कार !

पी.के.: आप मेरा नाम बिगाड़ कर अच्छा नहीं कर रहे।

दीवान : पुच। अबे ओ पुत्र कार क्या कर लेगा तू ?

पी.के.: मैं अखबार में निकलवा दूंगा।

दीवान : (पत्रकार के पास जाकर उसे धक्का देता है) चल बाहर, मैं तुझे दरबार से निकाल दूंगा

महाराज : तू कौन होता है निकालने वाला ?

दीवान : आप ही निकालिए महाराज ।

महाराज : क्या ?

दीवान : दरबार से इसे निकालिए यह कह रहा हूँ महाराज।

दीवान : **(महाराज की कुर्सी पर बैठ चुका है)**

पी.के.: मैं मोर्चा निकालूँगा।

दीवान : मैं संयुक्त मोर्चा निकालूँगा।

महाराज : **(पी.के. से)** अबे ओ मोर्चा निकालने वाले मोची हम नुक्कड़ से तेरा खोमचा निकाल देंगे ।

पी.के.: आप ऐसा नहीं कर सकते। जब मैं अखबार बेचता था, तो मैंने अपनी जान पहचान से महाराज की फोटो अखबार में छपवाई थी ।

दीवान : हाँ याद आया वही जो गुमशुदा की तलाश के कॉलम में छपवाई थी। जब महाराज महारानी के प्रेम में पड़कर महल छोड़कर भाग गए थे और सीनियर महाराज ने फोटो के नीचे लिखवाया था पुत्र घर लौट आओ दादी की तबीयत बहुत खराब है । दस्त ठीक होने का नाम नहीं ले रहे ।

पी. के.: अबे गुमशुदा की नहीं इलेक्शन काम्पेनिंग की फोटो छपवाई थी। तब तो कितना चिल्ला रहा था। जीतेगा भाई जीतेगा ......

दीवान : याद है अच्छी तरह से याद है। फोटो मैंने खींची थी, नाम तुमने अपना दिया था और छपवाने के 75 रुपये 30 पैसे भी लिए थे।

महाराज : जभी मैं कहूँ ये 75 रुपये 30 पैसे का हिसाब मुझे आज तक क्यों नहीं मिला ? कितने ऑडिटर आए और चले गए।

दीवान : महाराज अब क्या आदेश है ?

पी.के.: आप चाहे तो मैं वह पैसे लौटाने को तैयार हूँ ।

महाराज : **(आदेश देकर)** दीवान जी जरा हिसाब लगाकर बताएं कि ब्याज समेत कितना हुआ ?

दीवान : **(पत्रकार को झुका कर उसकी पीठ पर हिसाब लगाता है)**

महाराज : यह क्या कर रहे हो ?

दीवान : कंप्यूटर पे हिसाब कर रहा हूँ।

पी.के. : बस करो भाई, दर्द हो रहा है कमर में ......

दीवान : अब थोड़ा सा दर्द तो सहना ही पड़ेगा। महाराज टोटल पैसा जो हमें लेना है वह है 75 करोड़ 72 लाख 75 रुपये और 30 नए पैसे।

पी.के.: **(झटका खाकर गिर जाता है)**

महाराज : दीवानजी ये कुछ ज्यादा नहीं हो गया ?

दीवान : बिल्कुल नहीं महाराज । मैं समझाता हूँ आपको । आपको याद होगा इलेक्शन के टाइम इसने जो फोटो छपी थी आप वो इलेक्शन हार गए थे। अगर आप जीत जाते तो 75 करोड़ 72 लाख का स्कैम जो विरोधी पार्टी के मंत्री ने किया वह आप और मैं करते। तो टोटल हुए 75 करोड़ 72 लाख 75 रुपये तीस पैसे ।

पी.के. : **(थोड़ा सा होश में आता है)** यह तीस पैसे छोड़ नहीं सकते ?

दीवान : क्यों खुले नहीं है क्या ?

महाराज : उठो पुत्रकार **(उठाते हुए)** पुत्रकार बनना कोई आसान काम नहीं है तुम क्या सोचते हो थोड़ी सी यह बढ़ा ली, थोड़ा सा वह कर लिया, थोड़ा सा ये रख लिया और और एक ये लटका लिया ....

दीवान : महाराज जी क्या बड़ा लिया, क्या रख लिया, क्या लटका लिया ?

महाराज : अरे भाई थोड़ी सी दाढ़ी बड़ा ली, एक पेन रख लिया, एक थैला लटका लिया। एक कमरे वाले ऑफिस में एक कंप्यूटर, दो कुर्सी, मेज पर दो अखबार और एक रिसेप्शनिस्ट रखी और बन गए पुत्रकार। **(हवा में किस करता है)** पुच sss। पहले जाकर हिप्नोटिज्म की ट्रेनिंग लो ।

दीवान : हिप्नोटिज्म नहीं जर्नलिज्म ।

महाराज : हिप्नोटिज्म ।

दीवान : जर्नलिज्म जे ओ यू आर एन ए एल आई एस एम।

महाराज : एच आई पी नो टी आई एस ऍम ।

दीवान : जर्नलिज्म ।

महाराज : मूर्ख हम जर्नलिज्म को हिप्नोटिज्म क़हते हैं। और तुम पुत्रकार सच्चा लिखो और ऐसा छापो की दूसरे की भावना को ठेस ना पहुंचे।

पी. के.: मुझे क्षमा करें महाराज।

महाराज : जा तुझे माफ किया ।

पी. के. : मुझे माफ नहीं क्षमा करें।

महाराज : अच्छा बाबा क्षमा किया। अब तो जा।

दीवान : अब जाता है या लगाऊ एक पीछे। एक बार फिर कहेगा कमर दर्द कर रही है

(पीके जा रहा है)

महाराज : अरे सुन जरा, तू यहाँ आया क्यों था ? गिव मी ए कंकरीट रीज़न।

दीवान : सुनाई नहीं देता क्या ? महाराज अंग्रेजी में पूछ रहे हैं कि क्यों आया था ?

पी.के.: मेरी शामत आई थी जो यहाँ आया था। अच्छे भले जनरलिस्ट का कंप्यूटर बना दिया, घर जाऊंगा तो बीवी बच्चों को क्या मुँह दिखाऊंगा। अब तो पड़ोसी भी अपना काम इसी ह्यूमन कंप्यूटर पर करेंगे।

दीवान : पुचssss अब बता भी सही या पहले सारी बायोग्राफी सुनाएगा, क्यों आया था ?

पी.के. : वह मैं आपका इंटरव्यू लेने आया था क्योंकि ......

महाराज : अबे भाग जा यहाँ से हम तुझे कुछ नहीं देंगे।

दीवान : हम तो जनता से वोट लेने के बाद भी उसे कुछ नहीं देते !

महाराज : क्या ?

दीवान : दे दीजिए महाराज आप का क्या जाता है ? बल्कि आपके तो चर्चे गली-गली होंगे

महाराज : अबे हमने कौन सी क्लाऊन भेड़ और बंदर बनाए हैं जो हमारे चर्चे होंगे ?

दीवान : मेरा बस चलता तो आपका डी.एन.ए. निकालकर 8 महाराज और बनवा लेता ।

महाराज : क्या ?

दीवान : कुछ नहीं महाराज जो कुछ भी जानना चाहता है बता दीजिए। ध्यान रखिए अगर गुस्सा आ जाए तो हाथी वाले की तरह थप्पड़ मत मार देना।

महाराज : ओके ओके पूछो । ओके, पी.के. पूछो क्या पूछना है ?

पी .के. : बात ये है मी लार्ड के आपके राज्य में पहली बार कुछ गायब हुआ है। **(वकीलों की तरह जिरह कर रहा है, और महाराज की तरफ पाइंट आउट करता है)** रात के अंधेरे में किसी बदमाश ने अपने हाथ की सफाई दिखाई और चोर........

दीवान : अबे तू वकील है या पत्रकार ?

पी.के. : पत्रकार ।

दीवान : फिर वकीलों की तरह क्यों एक्टिंग कर रहा है ?

पी.के. : दरअसल मेरा बाप वकील था और माँ पत्रकार ।

दीवान : जब ही मैं कहूँ। ठीक है तो यह कसूर तुम्हारा नहीं मिक्स ब्रीड का है । **(दीवान की टोपी गिर जाती है वह उठाने के लिए झुकता है तो महाराज दीवान की पीठ पर ऊपर बैठ जाते हैं)**

पी.के. : महाराज आपकी राज्य में चोरी हो गई है ।

महाराज : दीवान जी हमारी राज्य में छोरी हो गई है ?

पी.के. : छोरी नहीं महाराज चोरी।

महाराज : अबे हम चोरी को छोरी कहते हैं ।

पी. के. : और मैं यह चोरी की खबर छापने से पहले आपसे कुछ पूछना चाहता था।

दीवान : अबे ओ विनीत नारायण, जब महाराज के स्विस बैंक के अकाउंट की डिटेल छापी थी । महाराज के हवाला, ग्वाला कांड, टेलीफोन स्कैम, ये स्कैम वो स्कैम छापे थे तब तो पूछने नहीं आया आज कैसे शरीफ बन रहा है ?

पी.के. : मैं यहाँ चोरी का पता करने आया हूँ और आप लोग हैं कि गड़े मुर्दे उखाड़ रहे हैं।

दीवान : उखड़ेगा तो अभी बहुत कुछ । तू तो ऐसे कह रहा है जैसे चोरी महाराज ने की है ?

महाराज : क्या ?

दीवान : मेरा मतलब है कि चोरी हमने की है क्या ?

महाराज : बिल्कुल ठीक । दीवान जी जरा इससे पूछो कि चोर ने चोरी किया क्या ?

दीवान : हां भाई पी.के. क्या चोरी हुआ है ?

पी.के. : जी वो कुछ खास नहीं ।

दीवान : **(पी. के. से पूछते हैं और हर बार पी. के. नहीं बोलता है और महाराज रिलैक्स हो जाते हैं)** अबे क्या महाराज का डिश एंटीना चोरी हो गया ?

पी.के. : नहीं ।

दीवान : तो क्या महाराज की मच्छरदानी चोरी हो गई ?

पी.के. : नहीं ।

महाराज : व्हाट ए रिलीफ !

दीवान : तो क्या मैनावती के कहने पर फिर से महाराज का पलंग चोरी हो गया ?

पी.के. : नहीं वह भी नहीं ।

दीवान : रानी का जयपुरी लहंगा ?

पी.के. : नहीं। नो नॉट ए आल।

दीवान : तो बाकी बचा क्या ? कहीं चोर महारानी को तो चुरा के नहीं ले गया और वह कहीं उम्मीद से तो नहीं है ?

महाराज : क्या अनाप-शनाप बक रहे हो ?

दीवान : जी मैं कह रहा था कि चोर फिरौती की उम्मीद तो नहीं कर रहा।

पी.के. : नहीं, नहीं, नहीं ।

महाराज : अबे तो फिर चोरी हुआ क्या ? कुछ बोलेगा भी या फिर...

पी.के. : अब ये दीवान साहब मुझे कुछ बोलने दें तभी तो मैं बोलूं ....

महाराज : **(दीवान को अपने पास बुलाते हैं)** दीवान जी यहाँ आइए, अब जरा कुछ देर चुपचाप खड़े रहिए । शट युअर माउथ, कीप साइलेंस।

(पी.के. से) और तुम बोलो पी.के. ?

दीवान : **(पी.के.की तरफ देखकर उसे आंख के इशारे से चुप रहने को कहता है)**

पी.के. : महाराज दीवान जी वहाँ खड़े खड़े मुझे आंख मार रहे हैं ।

महाराज : दीवान जी आपको शर्म नहीं आती हमारे होते हुए आप आंख मार रहे हैं ।

दीवान : ठीक है आप ही मारिये ।

महाराज : अबे मेरा मतलब था कि हम यहाँ मौजूद हैं और हमारी मौजूदगी में तुम ये गिरी हुई हरकत कर रहे हो ?

दीवान : आप बेकार ही खामखा नाराज हो रहे हैं। आपने मुझे चुपचाप खड़े रहने के लिए कहा था । कहा था या नहीं ?

महाराज : कहा था ।

दीवान : तो मैं इस पी.के. उर्फ़ पत्रकार को आंख के इशारे से कह रहा था कि मित्र मैं अब चुप रहूँगा और तुम ही अपनी चोरी वाली बात पूरी करो ।

महाराज : और हम समझे कि तुम कुछ सेटिंग कर रहे हो। हां तो चोर बोलो तुम्हें क्या कहना है ?

पी.के : महाराज मैं चोर नहीं, मैं तो पत्रकार हूँ।

महाराज : अच्छा अच्छा वही सही, बोलो हमारे यहाँ कब, कहाँ, क्यों, कैसे, किसने,किस लिए चोरी की ?

पी.के : चोरी आपके महल में नहीं चोरी सेठ फकीरचंद के घर हुई है।

दीवान : ठीक है फिर चिंता की कोई बात नहीं ।

महाराज : क्या ?

दीवान : मेरा मतलब है कि चोरी हो गई तो चिंता तो करनी पड़ेगी ना । आप कहें तो कमीशन बैठा देता हूँ महाराज ।

महाराज : ये क्या होता है ?

दीवान : क जमा मी + श + न बराबर कमीशन ।

महाराज : ग्रांटेड ।

दीवान : हाँ तो चोरी सेठ फकीर चंद के घर में हुई ।

पी.के. : जी हां ।

दीवान : कब हुई ?

पी.के. : कल रात ।

दीवान : क्या चोरी हुआ ?

पी.के. : आधा किलो दाल, एक किलो आटा, चार आलू चुटकी भर नमक, मिर्च, धनिया और प्याज ।

दीवान : (किसी जासूस की तरह चश्मा लगाता है) हां तो मिस्टर डी.के. ओफ, माफ कीजिए मिस्टर पी.के. जिस वक्त यह चोरी हुई आप कहाँ थे ?

पी.के. : मैं उस वक्त अपने एम. एल .ए. साहब के कुत्ते का पोर्टफोलियो खिंचवा रहा था ।

दीवान : क्या ? मुझे ठीक से सुना नहीं ।

पी.के.: क्या फर्क पड़ता है कि मैं कहाँ था ?

दीवान : फर्क तो बहुत पड़ता है मिस्टर पी.के., पत्रकार यही नाम बताया था ना आपने ......

पी.के.: सुनिए मिस्टर दीवान चंद, दीवान राय या दीवान प्रसाद जो भी आपका नाम है आप मुझसे यूं इस तरह कैसे बात कर रहे हैं ? मुझे समझ नहीं आ रहा कि इंक्वायरी करने में आया हूँ या आप ?

दीवान : आप।

महाराज : तो ठीक है सवाल आप करिए।

पी.के. : महाराज। दीवान जी बात को उलझाए चले जा रहे हैं। बात सीधी और छोटी सी इतनी है कि सेठ जी के घर में चोरी हुई है और चोर सिर्फ खाने पीने का सामान चोरी करके गया है।

महाराज : क्या रामायण बाँच रहे हो ? सीधा सीधा कहो कि फकीरचंद को किस पर शक है ?

पी.के : जी फकीरचंद को शक है अपने पड़ोसी गोपी पर।

महाराज : हम सारे मामले की जांच खुद करेंगे। सेठ फकीरचंद और गोपी को दरबार में पेश किया जाए।

दीवान : फकीरा और गोपी दरबार में हाजिर हो । **(दोनों का तुरंत प्रवेश)**

महाराज : आप दोनों इतनी जल्दी कैसे आ गए ?

सेठ फकीरचंद : स्टार ट्रेक की टेक्निक यहाँ भी पहुंच चुकी है हम लोग अपोलो इलेवन में बैठकर आए हैं।

दीवान : अबे ओ अपोलो इलेवन के ड्राइवर और कंडक्टर ज्यादा डींगे मत मारो। अभी तो बुलेट ट्रेन भी शरू नहीं हुई ।

महाराज : क्यों याद दिला रहे हो जनता को ? पी.के. तुम चालु रहो ।

पी.के.: बोलो सेठ, तुम किस बेस पर कह सकते हो कि चोरी गोपी ने की है ?

सेठ : बेस और परपेंडिकुलर हम कुछ नहीं जानते। मुझे सिर्फ इतना कहना है कि यह गोपी मेरे पास भूख से बिलखता हुआ आया था और यकीनन भूख से तंग आकर इसी ने मेरे यहाँ चोरी की होगी।

महाराज : दीवान जी केस कुछ ज्यादा ही कंपलीकेटेड है।

दीवान : तो क्या किया जाए महाराज ?

महाराज : हद हो गई हमारे सामने आज तक ऐसा केस नहीं आया।

दीवान : बड़े-बड़े सूटकेस तो बहुत आते हैं ।

महाराज : क्या ?

दीवान : जी मैं कह रहा था कि बड़े-बड़े केस आपने सॉल्व किए हैं, तो इसका क्या है ? यह तो चुटकी बजाते ही सॉल्व हो जाएगा ।

महाराज : ठीक है बजाओ चुटकी ।

दीवान : (चुटकी बजाता है)

महाराज : हमें कुछ नोचने का वक्त दो ।

दीवान : नोचने का नहीं, महाराज आपको सोचने का वक्त चाहिए।

महाराज : नोचने

दीवान : सोचने

महाराज : नोचने

दीवान : सोचने

महाराज : दीवान जी अब तक तो सारे दर्शको को भी पता चल गया के हम सोचने को नोचना कहते हैं और आप चालीस रिहेर्सेल और छतीस शो के बाद भी बहस कर रहे हो। खामोश। हां तो रिस्पेक्टेड सेठ जी आपने जो कुछ गोपी के बारे में कहा, क्या यह शिकायत आप ने कोतवाली में की थी ?

सेठ : जी की थी महाराज ।

दीवान : की थी तो एफ.आई.आर. की कॉपी पेश करो और दिनांक यानी तिथि, यानी डेट बताओ कि कब की थी ?

सेठ : जी वो एफ.आई.आर. तो नहीं मिली।

महाराज : आप कुछ कहना चाहते हैं पी.के.।

पी.के : महाराज दरअसल कोतवाल साहब छुट्‌टी पर गए हुए हैं ।

महाराज : तो थाने किस भरोसे चल रहे हैं ?

दीवान : राम भरोसे ।

महाराज : क्या ?

दीवान : जी मेरा मतलब है हवलदार का नाम राम भरोसे है, वही संभालता है।

महाराज : वाह कोतवाल छुट्‌टी पर है और थाना राम भरोसे हवलदार संभाल रहा है । राम भरोसे है कौन ?

दीवान : हवलदार ।

महाराज : मैं पूछ रहा हूँ वह कौन है ?

दीवान : जी हवलदार है ।

महाराज : वह तो हम जान चुके हैं कि वह हवलदार है । मैं यह जानना चाहता हूँ कि उसकी बैकग्राउंड क्या है ?

पी.के. : मैं बताऊं महाराज ।

दीवान : तुम चुप रहो (महाराज से) मैं ही बताता हूँ। राम भरोसे की बैकग्राउंड मैं हूँ।

महाराज : क्या ? क्या ? क्या ?

दीवान : जी मेरा पुत्र राम भरोसे ही आजकल नगर का हवालदार है।

महाराज : कौन ? आपका मॉडल । उसे तो रोने और लाली पाप खाने के सिवाय आता ही क्या है ?

दीवान : क्षमा करें महाराज।

महाराज : ठीक है ठीक है। बुलाइए उसे ।

पी.के.: बुलाने की नहीं महाराज लॉलीपॉप दिखाने की जरूरत है। आप लॉलीपॉप दिखाइए वह दूर से ही सूंघता हुआ भागा चला आएगा।

महाराज : **(लाली पाप निकालते हैं राम भरोसे का प्रवेश, महाराज लॉलीपॉप एक हाथ से दूसरे में छुपाने की कोशिश करते हैं)**

राम भरोसे : लॉलीपॉप दे दो वरना मैं एक एक को देख लूंगा। मैं पुलिस हूँ पुलिस। नहीं दोगे, ठीक है। **(छोटे बच्चों की तरह मंच पर लेट कर जोर जोर से रोने लगता है)** महाराज लॉलीपॉप दे देते हैं।

महाराज : (दर्शकों से) देख रहे हैं आप सब। यह है हमारे राज्य के सुरक्षा कर्मचारी।

सेठ : मेरा क्या होगा महाराज ?

महाराज : पहले एक काम तो निपट जाए।

रामभरोसे : तुम्हारा क्या है ? तुम्हारी रिपोर्ट मैंने लिखी थी ना। मुझे याद है तुमने मुझे ढेर सारी लॉलीपॉप दिलाने का वायदा किया था।

पी.के.: लेकिन उस रिपोर्ट का आपने किया क्या ?

हवलदार : फाड़ दी ।

महाराज : अब हम फैसला क्या करें ?

दीवान : फैसला तो जनता करेगी

महाराज : क्या ?

दीवान : इलेक्शन होने वाले हैं, इससे पहले कि जनता कोई फैसला आपके विरुद्ध कर दे इस केस को निपटा दीजिए ।

महाराज : केस क्या है ?

दीवान : हद हो गई सारी रात रामायण पढ़ी, सुबह पूछ रहे हैं कि सीता किसके बाप का नाम था ?

महाराज : क्या ?

दीवान : कुछ नहीं। पी.के. केस को एक बार फिर से दोहराओ।

पी.के.: मी लॉर्ड गोपी ने, इस गोपी ने जो यहाँ चुपचाप शरीफ बनकर खड़ा है सेठ फकीरचंद के घर में चोरी की। ऐसा सेठ फकीर चंद का कहना है।

महाराज : हाँ तो फकीरचंद आपको अपनी सफाई में कुछ कहना है।

सेठ : सफाई में मुझे नहीं गोपी को कहना है। मैं तो आरोप लगा रहा हूँ महाराज।

महाराज : अच्छा अच्छा बोलो गोपी।

गोपी : (चुपचाप खड़ा है)

राम भरोसे: बोलो गोपी। लालीपाप खाओगे कुछ स्टेमिना बन जायेगा।

दीवान : बोलो गोपी। बताओ तुमने चोरी की है या नहीं की है।

गोपी : जी मैंने चोरी की है और नहीं भी की है ।

पी.के : क्या मतलब ?

गोपी : मैं कह रहा हूँ कि मैंने चोरी की है, पर मैं चोर नहीं हूँ।

दीवान : तुम्हारा कोई डबल रोल है क्या ?

गोपी : नहीं ।

दीवान : तो फिर। या तो तुमने चोरी की है या फिर नहीं की है। यह दोनों बातें एक साथ कैसे हो सकती हैं ?

सेठ : हद हो गई एक्टिंग का शौक मुझे है और एक्टिंग ये कर रहा है!

महाराज : या तो तुम सारी रात साफ-साफ बताओ।

दीवान : रात नही महाराज बात । सारी बात ।

महाराज : दीवान जी अब तुम हमें बताओगे के किसको क्या कहना है ? हम बात को रात कहते हैं। बताओ गोपी क्या बात है ?

रामभरोसे : अभी थर्ड डिग्री लगाता हूँ सारी बात बता देगा।

महाराज : शटअप राम भरोसे अपनी लालीपाप खाओ पिघल रही है। और तुम बोलो गोपी।

गोपी : महाराज यह बात है पिछले सोमवार की, मैं तीन-चार दिन से भूखा था। हमारे घर में अन्न का एक दाना भी नहीं था। हम दोनों मियां बीवी भूखे प्यासे एक दूसरे को तसल्ली दे रहे थे तभी हमारे घर में दो राहगीर आए। हमने उनका मेहमान की तरह स्वागत किया ।

पी.के.: महाराज गोपी केस को घुमाने फिराने की कोशिश कर रहा है।

दीवान : गोपी बात को खींच क्यूँ रहे हो ?

महाराज : ऑर्डर ऑर्डर ऑब्जेक्शन ओवर रुल्ड। गोपी बोलो।

गोपी : महाराज जब उन दोनों राहगीरों से बातचीत हुई तो बातों ही बातों में पता चला कि वह दूर गांव से आए थे।

दीवान : ओह आईसी !

राम भरोसे : तो तुमने उनका नाम पता कुछ पूछा था ।

गोपी : उनका नाम था डी मित्रा और ऍम मित्रा ।

महाराज और दीवान : **(दोनों एक साथ बोलते हैं)** क्या कहा तुमने ?

गोपी : जी एक का नाम था महाराज मित्रा और दूसरे का नाम था दीवान मित्रा।

महाराज : दीवान जी जरा सुनिए (पास बुलाकर कानाफूसी करते हैं) फुस फुस फुस खुसुर फुसुर

दीवान : क्या ?

महाराज : हम भी तो एक रोज किसी गोपी के यहाँ ठहरे थे। कहीं यह वही तो नहीं ।

दीवान : दाद देता हूँ महाराज ।

महाराज : अभी यह दाद और खुजली अपने ही पास रखो।

दीवान : मेरा मतलब था कि मैं दाद देता हूँ यानी तारीफ करता हूँ, आपके दिमाग की आपकी याददाश्त की। यह वही गोपी है ।

महाराज : इज्जत अफजाई का शुक्रिया। अच्छा फिर क्या हुआ ?

गोपी : मैं कहाँ था ?

रामभरोसे : तुम कह रहे थे, एक था डी मित्रा और दूसरा था एम मित्रा ।

गोपी : मेहमान भगवान होता है फिर भगवान को भूखा कैसे रखते ? मैं और मेरी पत्नी पड़ोस में रात को लोगों से मांगने निकले पर सब व्यर्थ । सभी ने अपनी दरवाजे बंद कर लिए। और यह सेठ जी इनके पास तो मैं कई बार काम मांगने गया, इन्होंने तो मुझे धक्के देकर घर से निकलवा दिया। जब मुझे कहीं से भी कुछ नहीं मिला तो मैं निराश और हताश........

पी.के. : येस और आगे की इस्टोरी मैं बताता हूँ। उन दो मेहमानों के लिए गोपी घर से बाहर निकला सीधा सेठ के गोदाम गया और खाने पीने का सामान चोरी कर लाया ।

गोपी : हाँ कर लाया चोरी ।

महाराज : (रो रहे हैं)

दीवान : आप रो क्यों रहे हैं महाराज ?

महाराज : (और जोर से रोने लगते हैं)

राम भरोसे : मत रोइए महाराज ये लीजिए लॉलीपॉप (लालीपाप देने से पहले जूठी करता है)

महाराज : हमने सारा मुकदमा सुना। गवाहों के बयान के अनुसार .....

दीवान : गवाह तो है ही नहीं महाराज ।

महाराज : बेवकूफ ऐसा कहना पड़ता है। गवाहो के बयान के अनुसार ताजी राते हिंद ये अदालत इस नतीजे पर पहुंची है कि चोर .... हम हैं।

राम भरोसे : हमारे महाराज और चोर ?

गोपी : महाराज आप चोर नहीं हो सकते, मैंने ही चोरी की है, अपराधी में हूँ और मैं ही अपने मेहमानों की खातिर सेठ फकीर चंद के घर चोरी करने गया था।

महाराज : नहीं मैं हूँ चोर। तुम नहीं जानते गोपी वो तुम्हारे घर जो मेहमान आए थे। वह कौन थे ?

गोपी : कौन थे महाराज ?

महाराज : वह मैं और दीवान जी थे ।

गोपी : हमें क्षमा कीजिए महाराज । हम आपको पहचान नहीं सके!

महाराज : नहीं-नहीं क्षमा तो हमें आपसे मांगनी है। हमारे राज्य में प्रजा भूख से तंग आकर बिलख रही है और हमें पता तक नहीं। गोपी अपराधी कौन है यह बड़ी बात नहीं बड़ी बात है कि अपराध किस कारण हुआ ? हम मानते हैं कि कुसूर तुमसे भी हुआ है कि तुम मित्र प्रेम निभाने के लिए चोरी करने के लिए मजबूर हुए। अगर तुम अपराधी हो तो ये भी अपराधी है। यह सेठ फकीरचंद, जिसने जानते हुए भी एक इंसान होने के नाते दूसरे इंसान की कोई मदद नहीं की। तुमसे बड़ा अपराधी है ये। और सबसे बड़े अपराधी हैं हम, क्योंकि हमारी वजह से ही यह सब हुआ। दीवान जी सारी जनता के सामने हम अपने अपराध स्वीकार करते हैं।

पी.के : आप महान हैं महाराज ।

महाराज : कल ही सारे मंत्रियों के सामने हम अपना इस्तीफा दे देंगे।

दीवान : उसकी कोई जरुरत नहीं ।

महाराज : क्यों ?

दीवान : क्योंकि आपने इलेक्शन तो जीतना है नहीं । अगर आप जीत भी गए तो आपकी मेजोरिटी आने से रही। लिहाजा यही अच्छा है जो दो चार दिन इस कुर्सी पर बैठे हैं, बैठे रहिये।

महाराज : नहीं दीवान जी। हवलदार रामभरोसे जी हमें गिरफ्तार कीजिए। लाइए पहनाई हमें। क्या कहते हैं उसे फुलझड़ी।

दीवान : महाराज पूरा नाटक खत्म हो गया और आप है की ... फूलझड़ी नहीं हथकड़ी बोलिए।

महाराज : फुलझड़ी।

दीवान : हथकड़ी।

महाराज : फुलझड़ी।

दीवान : हथकड़ी।

महाराज : बडा कौन है ?

दीवान : तुसी।

महाराज : चोर कौन है ?

दीवान : तुसी।

महाराज : फिर कौन डिसाइड करेगा के हथकड़ी है या फुलझड़ी ?

दीवान : तुसी तुसी तुसी।

महाराज : तो ठीक है फिर डिसाइड हो गया है कि फुलझड़ी को हथकड़ी कहते हैं। लाओ और हमारे हाथों में पहनाओ फुलझड़ी।

राम भरोसे: बोल श्री 420 महाराज की ....

सभी : जय (सभी एक साथ बोलते हैं)

पर्दा गिरता है

<u>समाप्त</u>

www.ingramcontent.com/pod-product-compliance
Lightning Source LLC
LaVergne TN
LVHW101926220826
846093LV00009B/387